KB072780

귀환병사

요람 新무협 판타지 소설

FANTASTIC ORIENTAL HEROES

귀환병사 7

요람 新무협 판타지 소설

초판 1쇄 찍은 날 § 2014년 1월 20일
초판 1쇄 펴낸 날 § 2014년 1월 27일

지은이 § 요람
펴낸이 § 서경석

편집부장 § 권태완
편집책임 § 어정원

펴낸곳 § 도서출판 청어람
등록번호 § 제1081-1-89호
등록일자 § 1999. 5. 31
어람번호 § 제2-2455호

주소 § 경기도 부천시 원미구 부일로 483번길 40 서경B/D 3F (우) 420-822
전화 § 032-656-4452팩스 § 032-656-4453
http://www.chungeoram.com
E-mail § chungeorambook@daum.net

ⓒ 요람, 2013

ISBN 978-89-251-3682-0 04810
ISBN 978-89-251-3414-7 (세트)

요람 新무협 판타지 소설

귀환병사

FANTASTIC ORIENTAL HEROES

7

도서출판 청어람

目次

第五十八章 구출(救出)

차악!

무린의 창이 거칠게 휘둘러졌다. 어깨를 제대로 잡아당겨 휘두른 일격이기에 맞으면 최소 사망인 일격이었다.

그러나 상대는 철갑마.

과연이라고 할까.

아니면 역시라고 할까?

만만치 않았다.

까강!

그그극!

아무리 내력을 충만히 넣지 않았다고 하지만 철갑마는 그런 무린의 일격을 막아냈다.

비릿한 미소를 짓고 있는 게, 마치 겨우 이 정도야? 하고 비웃는 것 같았다.

그에 따라 무린의 입술도 말려 올라간다.

설마 하고 대답하는 웃음이다.

극, 그그극!

창날이 비스듬히 눕더니, 그대로 철갑마의 대도를 타고 흘렀다. 아주 순간적이었다.

거기다가 교차하는 와중이었기에 시간도 거의 없었는데 무린은 일격이 막힘과 동시에 전장에서 흔히 칼날타기라고 하는 기예를 펼쳐 냈다.

"홉!"

철갑마의 경호성이 들렸다.

설마 무린이 이런 기예를 보일 거라고는 상상도 못한 탓이다.

그러나 경호성을 지르거나 말거나, 무린의 목표는 어차피 하나다.

스아악!

푸확!

철갑마의 갑주를 종이처럼 베어내고, 무린의 철창이 가슴에 깊은 상흔을 만들었다. 피가 튀고, 비명이 울렸다.

슈우욱!

지나가는 무린에게 대도가 떨어져 내렸다. 어깨로 떨어지는 단순한 횡소천군의 일격. 그러나 마상에서 떨어지는 일격이기에 맞으면 최소 어깨는 박살 날 일격이었다.

텅!

그러나 철갑마의 대도는 무린의 어깨에 닿자마자 그대로 튕겨 나갔다. 아니, 어깨에 닿기 직전에 튕겨 나갔다.

일륜.

신체를 보호하는 바퀴.

신공의 위력이다.

"헛!"

철갑마가 놀랐는지 두 눈을 동그랗게 뜨며 놀란 신음을 흘렸다. 그리고 그런 철갑마에게,

"차아앗!"

무린의 바로 뒤에 있던 김연호의 마상언월도가 날아들었다.

큭! 하고 상체를 뒤로 쭉 빼는 철갑마였지만 김연호가 휘두르는 마상언월도는 장병. 길다.

깡……!

그대로 날의 면으로 투구를 쓰고 있는 얼굴을 후려쳐 버렸

다. 그 일격에 철갑마는 뒤로 붕 떴다가, 낙마했다.

마상돌격에서 낙마는 오로지 한 가지를 뜻한다.

죽음.

우득!

콰드득!

뒤이어 달려오던 동료들의 기마가 낙마한 철갑마의 육신을 박살 내버렸다. 무린의 얼굴을 노리고 다시 대도가 날아들었다.

슈악!

거침없이 공간을 가르며 짓이겨 들어오는 대도.

'과연……!'

저번에 조우했던 혈사대와는 차원이 다르다. 일격 일격에 깃든 힘은 상당히 위협적이었다.

만약 무린이 삼륜을 얻지 못했다면 정말 목숨을 걸어야 했을 정도였다.

하나, 무린은 삼륜의 주인.

꿈틀.

스으윽!

일륜이 무린의 의지를 받고 좌장으로 옮겨갔다.

웅웅!

외부로 현신이 가능할 만큼 성장한 일륜.

우윳빛 륜은 그 광체를 사방으로 뿌렸고, 무린은 그 륜을 믿고, 얼굴로 날아드는 대도를 밑에서 위로 정확히 후려쳤다.

쩡!

파사삭!

무린의 일격은 철갑마의 대도를 그대로 깨뜨려 버렸다. 가차 없는 일격이었다.

억! 하고 신음을 흘리는 철갑마.

하나 그는 놀라지 말았어야 했다.

전장에서 놀라는 건, 죽겠다고 자진하는 행동이다.

"합!"

김연호가 아닌, 김연호의 옆에 있던 비천대원이 일격을 뿌려 넣었다.

송곳처럼 생긴 장창이 철갑마의 갑주 틈을 비집고 정확히 목을 꿰뚫었다.

푸슈욱!

장창이 빠져나오면 혈우를 사방에 뿌렸다.

가히, 빛살과도 같은 일격.

단순한 마상 찌르기지만, 너무나 안정적이었다.

일품(一品)!

얼굴에는 노년의 기운이 흐르는 비천대원이었다. 굳게 다문 입술이 고집을 보이고, 가늘게 떠진 눈은 비정을 보인다.

그는 다름 아닌, 복건 무이산에서 약초꾼을 하다가 인명부의 발동을 받고 모인 무경(武景)이다.

　실력은 비천대 중에서도 가히 으뜸!

　단순 무력으로만 따진다면 사실 윤복이나 김연호보다도 강자인 무경이었다.

　아니, 백면 정도는 아니어도 마예나 제종과 붙어도 결코 지지 않을 것이다.

　그러나 무경은 나서기를 좋아하지 않는다.

　과묵하고, 또 과묵하다.

　그렇기 때문에 조장으로 올라서지 않고, 그냥 일반 조원으로 남길 원했고, 무린은 그걸 받아들였다.

　그래서 비천 오조에 소속, 여기에 있었다.

　북방에 있던 시절, 그는 무린에게 딱 한 차례 은혜를 입은 일이 있었다.

　이번에 비천대에 들어온 이유도 딱 한 번, 무린을 죽음에서 구하겠다고 말한 무경이었다.

　단 한 번 받은 은, 그 은을 그 또한 단 한 번 갚고, 그 후 미련 없이 떠나겠다고 했다.

　그 말에 무린은 고개를 끄덕였었다.

　차앗!

　그런 무경의 송곳 같은 창이 다시 날았고, 철갑마의 갑주를

비집고, 살을 헤집은 다음 심장에 콕 구멍을 내놓고 빠져나간
다.

교차하는 순간 먹이는 일격.

가히 신기(神技)다.

그러나,

무린이 보이는 신기도 만만치 않다.

두드드드!

"합!"

촤라락!

철갑마 한 기가 무린에게 도착하기 전, 쇠사슬 같은 병기를
쭉 뿌렸다.

창도 아니고, 도도, 검도 아닌 기병이다. 그러나 무린은 당
황하지 않았다.

날아오는 그 순간,

교차하며 달리는 와중 무린의 창이 거칠게 휘둘러졌다. 창
날이 지면으로 닿을랑 말랑 향했을 때, 창끝에 맺혀 있던 우
윳빛 기가 전방으로 토해졌다.

창기(槍氣)다.

모든 것을 짓이겨 버리고, 잘라 버리는 절정의 무인만이 뿌
려 낼 수 있는 절정의 신기.

그렇게 창기는 철갑마를 덮칠 듯했다.

그때,

슈우욱!

콰!

무린이 뿌린 창기를 진영의 끝에서부터 무시무시한 속도로 달려온 한 기의 기마가 토해낸 붉은 기운과 격돌한 것이다.

그리고 이내 둘은 거센 기운을 뿌리며 터져 버렸다.

두드드드!

그 후 거침없이 무린을 향해 쇄도하는 혈갑의 기마, 그 위의 기병.

후우웅!

흙먼지가 일어나는데, 무린은 그 흙먼지가 붉다고 느꼈다. 패도, 붉디붉은 패도를 뿌려대며 돌격해 오는 기병을 보자마자 무린은 눈치챘다.

"혈사룡!"

혈사 일조.

철갑마를 이끄는 혈사룡이었다.

하!

무린의 눈동자에 불그스름한 기운이 맺힌다.

혼심의 작용으로 인한 살심이기도 하지만, 무린 본인의 의지로 피어낸 살심이 가득 맺혔다.

물론, 혼심의 발작으로 그 살심은 붉은 기운을 띠게 하여 더욱 살기등등하게 보였다.

비천객.

혈사룡.

호왕의 난이 배출한 신성이자 강력한 무력의 주인들이다.

그 두 영웅이 지금 드넓은 대지에서 만난 것이다.

흐아압!

하아압!

서로의 병기를 높이 치켜든 채 일기필마에 의지하여, 교차했다.

쩡……!

두 영웅의 병장기가 부딪치고 공기가 터지는 굉음이 울렸다.

그 어떤 기교도 빼고, 오직 힘과 힘으로 부딪쳤다.

그 결과,

백중세!

비천객도, 혈사룡도 무사했다.

둘의 목표는 서로 상반되지만, 아주 명확했다.

혈사대의 목표는 다름 아닌 중천.

그리고 무린과 비천대의 목표는 중천의 구출이다.

"하아, 이랴!"

기마술로 급히 틀어 무린은 철갑마의 꼬리를 따라가기 시작했다. 그런 무린의 뒤로 비천대가 따라붙었다.

무린이 슬쩍 고개를 돌려 비천대를 살펴보니 역시 상대하는 혈사대는 만만치 않았다.

여기저기 피를 흘리는 비천대가 적지 않았다. 철갑마의 명성이라 아직 확실히 파악은 불가능하지만,

'빌어먹을……!'

전사자도 있을 것이다.

희생 없는 전쟁은 없다.

전면의 철갑마가 사방으로 비산하는 게 보였다. 광풍의 일격을 담은, 제왕의 검력이 그들을 덮친 탓이다.

중원이 자랑하는, 하늘 정중앙의 검.

중천검왕이 뿌려낸 제왕검형의 위력이었다.

파사삿!

새파란 검기도 보인다.

덮치는 철갑마를 마갑째로 그대로 베어버리고, 그 위의 철갑기마대원까지 조각내 버리는 첨예한 일격.

창천유검의 창궁무애검이었다.

대연신공에서 뻗어 나오는 내력을 바탕으로 남궁유청이 뿌리는 창궁무애검이 철갑마를 조각조각 썰어내고 있었다.

단둘.

겨우 무인 단둘이 전면에 버티고 서 있는 거지만 그 둘은 마치 험난한 악산과 절대 넘을 수 없는 협곡으로 보였다.

넘을 수 없는 벽!

무린조차 아직 넘볼 수 없는 무력을 보여주고 있었다. 물론 현재 그 두 사람은 마지막으로 사력을 다해 뿌려내고 있음은 분명했다.

구원군이 왔다는 사실에 혼을 태우고 있는 것이다. 최후의 한 톨의 힘까지 끌어 쓰고 있는 것이다.

철갑마들은 반대로 당황했다.

난데없는 비천대의 등장.

비인은 무엇을 했단 말인가!

속으로 비명을 지르며 중천의 목을 거두기 위해 돌격하지만, 중천은 쉽지 않은 무인이다. 쉽게 목이 따일 리가 없는 정점의 무인이다.

그러나 이미 비천대의 등장으로 상황은 급변했다.

승산이 전혀 없는 남궁가의 싸움이, 승산이 최소 반으로 변해 버린 것이다.

혈사룡이 전면으로 빠져 중천과 부딪쳤다.

쾅!

중천이 신형이 뒤로 밀리고, 혈사룡의 신형도 공중으로 붕 떴다.

칵!

한참을 뒤로 물린 중천이 바닥으로 핏물을 토해냈다.

내력이 뒤틀린 것이다.

바닥난 내력에, 억지로 진기를 쥐어짜 혈사룡의 일격을 막은 탓이다.

하지만 그럼에도 혈사룡을 뒤로 날려 버리기에 충분한 힘이 됐다.

혈사룡이 낙마하자 철갑마의 질주가 멈췄다.

혈사룡조차 넘지 못한다면 다른 철갑마들로는 절대 무리. 거기다가 옆에 남궁유청이 검을 상단으로 세운 채 고고히 서 있다.

뒤에는 두 눈에 독기를 줄줄이 흘리고 있는 남은 남궁세가의 무인이 받치고 있다.

제길!

혈사룡이 중심을 수습하며 거칠게 소리치는 게 들렸다.

그러는 사이 어느새 따라잡은 비천대가 남궁세가의 무인들 곁으로 다가섰다.

무린이 중천의 옆으로 말을 가져다 댔다.

워, 워.

다가닥. 다가닥.

"……."

"……."

무린과 중천 두 사람은 눈을 마주치지 않는다.

전면으로 응시하고, 기도를 내뿜는다.

철갑마는 아직 칠십 기 이상 생존.

무린의 비천대도… 사십 기 이상 생존.

두 기마대의 숫자로만 따진다면 철갑마가 많다.

하지만 비천대 측은 남은 남궁세가의 무인과 결정적으로 상처 입고 탈진했지만 호랑이 두 마리가 버티고 있다.

더욱이 비천객 무린까지.

"명줄이 기오, 중천검왕……."

대치 상황에 철갑마들의 앞으로 혈사룡이 나서며 말했다. 투구를 벗어 옆구리에 끼고 있는 혈사룡.

얼굴을 드러낸 그의 모습은 상당히 젊다.

많이 봐줘야 스물 후반?

유려하게 빠진 이목구비다. 계란형에, 눈, 코, 입이 마치 여자처럼 생겼다. 물론, 못 생긴 여자가 아닌 미인의 이목구비다.

그래, 혈사룡은… 예뻤다.

더욱이 틀어 묶었으나 끊어져 흘러내란 긴 머리가 더욱 그렇게 느껴지게 했다.

아름다운 외모.

그러나 날카롭게 찢어진 눈빛에서는 광망이 흘렀다. 결코 어울리지 말아야 할 외형의 조합이지만, 이상하게도 어울려 보였다.

"……."

중천은 아무런 대답도 하지 못했다. 혈사룡이 명줄이 길다고 모욕을 했음에도. 왜? 사실이기 때문이다. 만약 무린이 오지 않았다면…….

중천은 알고 있었다.

인정하기 싫어도 인정해야만 했다.

철갑마를 반은 토막 낼 수 있을지언정, 자신은 여기서 뼈를 묻어야 했음을.

"비천객인가……?"

혈사룡은 광망이 흐르는 두 눈을 무린에게 돌렸다. 일반 무인이었으면 숨을 흑! 하고 들이켰겠지만, 무린은 그러기에는 너무 강했다.

"그렇다."

담담하게 대답할 뿐이다.

"어째서 방해하지?"

"내 마음이다."

맞다.

무린이 중천을 구한 건 순전히 자신의 마음 때문이다. 명분이 생겼고, 이유가 생겼다. 꼭 구해야겠다는 자신의 마음에 따라 무린은 지금 이곳에 있다.

무린의 말이 웃겼던 것일까?

"내 마음……?"

하! 하핫! 하고 혈사룡이 웃었다.

그러나 웃거나 말거나, 무린은 창에 힘을 주고 그저 지켜볼 뿐이다.

끓어오르는 혈사룡의 살심을 느낀 것이다.

"그럼… 비천객, 적으로 간주해도 되겠지?"

"적으로 간주?"

피식.

뭘 그리 따진단 말인가.

강호라서?

명분이 있어야 해서?

맞다.

강호는 그런 곳이었지.

'하기야, 나도 그랬건만.'

"마음대로."

"하, 하하핫!"

혈사룡은 유쾌하다는 듯이 웃었다. 물론, 진짜 유쾌한 웃음 은 아니었다. 광소도 아니었다. 살심이 들어 있으니, 살소(殺

笑)라고 해야 할 것이다.

웃음은 꽤나 오랫동안 갔다.

"역시……. 역시 쉽지 않군. 다 잡았다고 생각했는데. 하하
하하!"

혈사룡이 짜증난다는 듯이 웃었다.

하지만 그는 현재 상황을 잘 이해하고 있었다.

겨우 오십의 구원군이다.

하지만 그저 그런 구원군이 아니다.

비천객이 이끄는 비천대였다.

원래는 다섯 조, 총합 이백 오십에 가깝지만, 단 한 개조 오
십으로도 그 힘을 충분히 발휘하고 있었다.

그건 좀 전 교차하며 치룬 한 차례 교전에서도 알 수 있었
다.

비슷한 숫자가 죽었다.

그건 철갑마와 기량이 엇비슷하다는 뜻.

단지 비천대와만 싸워도 전멸을 각오해야 한다는 뜻이다.
근데 저쪽은 상처 입고, 이제 한계에 도달했지만 전 중원이
알아주는 무인이 둘이나 있다.

중천검왕과 창천유검.

비천대와도 비슷할 텐데, 둘만 합류해도 결과는 뻔했다.

"당신을 일격에 죽였어야 했는네……."

"……."

혈사룡은 그렇게 중얼거리며 중천검왕을 바라봤다. 그러나 중천은 침묵했다. 왜? 말할 수 없어서?

아니었다.

그저, 그저 부들부들 떨고 있는데… 이유는 알 수 없었다.

"아쉬워……. 천라지망은 이렇게 깨졌군. 하지만… 쉽게 돌아갈 생각은 버려라."

경고를 날리는 혈사룡이다.

무린은 그 말을 즉시 받아쳤다.

"뭔가 잘못 알고 있군."

"내가?"

"그래."

무린은 혈사룡의 자신감이 마음에 들지 않았다. 그리고 마치 자신의 생살여탈권을 쥔 것처럼 행동하는 게 더욱 마음에 안 들었다.

다가닥.

무린의 기마가 한 발자국 앞으로 나섰다.

"누가 보내준다고 했지?"

"뭐라?"

"누가 너를 보내준다고 했지? 누구 마음대로 돌아갈 수 있다고 했지?"

"……."

꿈틀.

혈사룡의 예쁜 얼굴에 균열이 생겼다.

그러거나 말거나 무린은 할 말을 계속했다.

"지금 승기를 잡은 건 나다. 네가 아니라."

"큭……."

무린의 이마로 다시금 삼륜이 맺혔다.

현신하는 삼륜.

그건 곧 삼륜공 전체를 돌리고 있다는 것.

혼심도 날뛴다.

죽이자. 죽이자. 혈사룡을 여기서 죽이자.

속삭였다, 사근사근, 나긋나긋하게.

무린은 그걸… 그대로 받아들였다.

혼심이 발작이란 걸 알면서도 받아들인 건, 무린 본인의 의
지였다.

스윽.

무린의 창이 전면으로 겨눠졌다.

"가고 싶다면……."

"가고 싶다면?"

혈사룡이 따라 말하자, 무린은 선고를 내리듯이 뒷말을 이
었다.

"목은 놓고 가라."

"하! 하하핫!"

혈사룡의 신형이 무린에게 폭사했다. 동시에 무린의 신형도 기마에서 날아올랐다.

쾅!

쩌정……!

비천객과 혈사룡.

그 둘이 다시금 맞붙었다.

위명을 떨쳐 울리기 시작한 신성의 재격돌이다.

第五十九章

혈사룡(血沙龍)

마상전은 당연히 장병을 선호한다. 빠른 돌격이 있기 때문에 장병을 사용하면 먼 거리에서도 순간 타격이 가능하다는 장점이 있어서다.

물론, 개개인의 취향이나 부대의 특성에 따라 다르겠지만 혈사대는 대부분 장병을 들고 있다. 그건 비천대도 마찬가지였다.

마상대검부터, 언월도까지…….

혈사룡의 손에 들린 무기도 역시 창이다.

그것도 팔 척에서 구 척에 달하는 장병이었다.

특징이 있다면 뱀처럼 꾸불거리는 날을 가졌다.

한눈에 보아도 사모창이었다.

삼국시대의 영웅 중 한 명인 장비가 사용했던 그 창의 특색을 그대로 가지고 있었다. 뱀의 혓바닥을 닮은 날 끝은 예리하고 불길하다.

"합!"

쩌정!

혈사룡은 아래에서 위로, 무린은 공중에서 아래로 내려찍었다.

공기가 터지는 소리와 함께 둘의 신형이 뒤로 같이 날아갔다. 물론 무린은 체공 중이었기에 상당히 많은 거리를 날아갔다.

탁.

그러나 무린은 아주 자연스럽게 자리에 지면에 안착했다.

타다닷!

동시에 쏘아지는 신형.

무린이 펼친 것은 다름 아닌 무풍형이다.

무린이 최초 내려선 지면에서부터 바람이 일었다. 순간 가속은 정말 그 어떤 신법이나 보법에도 밀리지 않는 무풍형이었다.

혈사룡도 마찬가지.

무린이 뛰어들기 전에 이미 그는 무린에게 쇄도하고 있었다.

불그스름한 기운이 맺힌 창날.

그건 혈사룡이 절정에서도, 검기수발이 자연스러운 경지에 이르렀다는 걸 의미했다.

촤라락!

사모창이 그어지며 무린에게 붉은 창기가 날아들었다.

순식간이다.

무린의 창날에도 우윳빛 창기가 맺혔다.

두 다리가 지면에 딱 맞붙었고,

"하앗!"

기합과 함께 무린은 철창으로 혈사룡의 창기를 후려쳤다.

쾅!

두 창기가 만나는 지점의 공기가 터졌다. 그것도 마치 폭탄 터지는 소리를 동반하고서 터졌다.

절정의 무인이 보여주는 신기의 싸움.

모두의 시선이 집중되어 있었다.

휘이익!

공기가 터지고 후폭풍이 무린을 중심으로 퍼져 나갔다.

"하아!"

혈사룡이 어느새 무린의 전면으로 달려들어 다시 사모창

으로 옆구리를 노려왔다. 피하기는 늦은 무린이다.

기잉!

그 순간 우웅빛 삼륜은 명멸하며 그 존재를 드러냈다.

어느새 이마에 현신해 있었다.

하나 진짜 힘을 쓰고 있는 건 일륜.

그 모든 외부의 충격으로부터 주인을 보호하는 첫 번째 바퀴.

쩡!

무린의 좌수가 틀어지며 사모의 날을 그대로 후려쳤다. 그럼으로써 공간이 깨지는 소리가 들렸다.

쇠와 손이 부딪쳐서 날 소리가 아니었다.

그리고 창기가 머물고 있는 창날을 손으로 후려쳤는데도 무린의 손은 멀쩡했다.

당연히 일륜이 주는 공능 때문이었다.

큭! 하는 신음과 함께 사모창이 튕겨 나갔고, 혈사룡의 신형이 강제로 회전 당했다.

촤앗!

무린도 마찬가지였다.

좌수를 휘두른 원심력으로 상, 하체가 회전, 빠른 발 디딤과 함께 오른발이 허공으로 솟구쳤다.

목표는 혈사룡의 옆구리.

펑!

"큭!"

정확하게 틀어박혔다.

'얕다.'

하지만 무린은 느꼈다.

혈사룡이 신음을 흘렸지만 일격이 제대로 들어간 건 아니었다.

강제로 회전하는 도중에 타격 직전, 신형을 뒤로 빼며 충격을 대부분 완화시켰다.

끌어들이려는 수법이다.

무린은 거절하지 않기로 했다.

우수에 창을 그대로 쥔 무린의 신형이 회전을 멈춤과 동시에 혈사룡에게 쇄도했다.

파팟! 하고 잔상이 흘렀다.

무린의 좌각이 떠올랐다, 아래로 꺾여 내려갔다.

상체를 노리다가 틀어, 오금을 차겠다는 생각이었다.

직각에 가까운 타격점 선회가 이루어진다.

후웅!

그러나 무린의 일격은 실패로 끝났다.

혈사룡이 발을 뒤로 뺀 것이다.

휙!

혈사룡의 창이 혀를 날름거리며 무린의 턱으로 날아들었다. 절정의 무인의 뿌리는 일격, 가히 순속으로 다가왔다.

　기잉!

　촤악!

　무린은 상체를 첨파교의 수법으로 눕혔다. 아슬아슬한 간격을 두고 지나가는 혈사룡의 사모창.

　팽!

　당겨진 활시위처럼 꺾였던 무린의 상체가 다시 원상태로 돌아오며 탄성을 받고, 좀 더 앞으로 돌진한다.

　촌각의 거리.

　무린의 좌수가 다시금 혈사룡의 옆구리를 노렸다. 그에 밀어내듯 손바닥으로 무린의 일격을 흘리는 혈사룡이다.

　과연!

　'접근전도 만만치 않다 이거지?'

　씨익.

　무린의 입가에 미소가 그려졌다.

　물론, 비릿함이 섞인 살소였다.

　죽이고자 했으니, 미소에는 당연히 살심이 섞여 있었다.

　촤락!

　혈사룡이 흘려낸 무린의 좌측 어깨를 창대로 찍어왔다. 그에 무린은 반 바퀴 회전하며 피해냈다.

장병을 자유자재로 근접전에서도 다루는 혈사룡.

과연, 마도의 신성다웠다.

모용가의 십수 중 일인을 꺾은 무인답게, 공방 일체가 상당히 잘 잡혀 있었다.

한편, 회전하는 무린의 신형.

무풍형이 그대로 상체를 띄워 혈사룡을 강타했다.

퍽! 소리가 나고 혈사룡이 밀려 나갔다. 그러나 이번에도 역시 타격감은 없었다.

명중의 순간에 또다시 물러난 것이다.

촌각의 시간에 그걸 해낸다는 것은 그만큼 집중력이 최고조로 달했다는 뜻. 일신의 무예가 그 집중력을 뒷받침해 주고 있다는 의미였다.

튕겨 나가는 혈사룡.

둘의 간격이 벌어졌다.

번쩍 들어 올려졌다가, 내리 그어지는 혈사룡의 사모창. 어느새 창날이 맺힌 붉은 창기가 다시금 무린에게 날아들었다.

'피한다!'

이번에는 무린도 예상을 했다. 그렇기에 급히 신형에 제동을 걸어 안정시켰고, 혈사룡의 뒤를 잡으려 무풍형을 극성으로 펼쳤다.

타다닷!

그가가가각!

혈사룡의 창기가 대지를 긁으며 죄다 파헤쳤다. 마치 쟁기로 제멋대로 갈아버린 모습으로 변했다.

그건 그만큼 거칠다는 뜻.

예리하기보다는, 거칠고 파괴석인 기운이 강하다는 뜻이다.

슈욱!

무린이 피하는 그 순간, 혈사룡도 이번엔 예측을 했는지 무린의 신형이 있는 쪽으로 정확히 일격을 날렸다.

순식간에 거리를 좁히고 사모창이 목울대로 찔러 들어왔다. 눈 깜빡할 사이 무린의 시야로 뱀의 독니가 보였다.

날름거리며 콰악 물어뜯겠다는 뜻이 보였다.

'흡!'

기잉!

드드득!

뇌리에 기음이 터지고 무린의 신형이 다시금 철판교의 수법을 펼쳤다.

순간적인 판단이면서 최고의 판단이었다.

무린의 얼굴에서 정확히 일촌 거리로 혈사룡의 창날이 지나갔다.

꾸욱!

동시에 무린의 우수에 힘이 들어갔다.

철창을 잡고 그 자세 그대로 반원을 그리며 휘둘렀다. 검이라면 닿지 않았겠지만 창이니 닿는다.

장병이 가진 이점 중에 최고 이점을 살린 공격이었다.

혈사룡의 얼굴이 일그러졌다. 하지만 발끝으로 정확한 순간에 무린의 창날을 아래서 위로 툭 쳐올렸다.

과연, 과연!

기가 막힌 방어였다.

혈사룡이 창날을 치자 자연히 무린의 신체가 뒤로 기울어졌다.

큭!

짧은 신음을 낸 무린.

전투 중 중심이 무너지는 게 얼마나 위험한지 알기 때문이다.

그렇다면 눈에는 눈, 이에는 이다.

왼손으로 땅을 짚은 무린이 이제 회수되고 있는 혈사룡의 창대를 위로 팍 차올렸다. 부웅 뜨는 사모창.

그에 혈사룡도 중심이 부웅 떴고, 다시 창을 끌어당기며 자세를 안정시켰다.

그러는 동안 무린은 이미 짚은 왼손을 중심으로 한 바퀴를 돌고 뒤로 두 걸음 물러나 자세를 잡고 있었다.

"……."

"……."

일순간의 공방.

실력은 그야말로 호각이다.

과연 둘 다 신성이라 불릴 만했나.

비천객도, 혈사룡도 눈이 번쩍 떠질 기예를 선보이며 서로
에게 강맹한 일격을 계속해서 선사했다. 하지만 둘의 실력은
말했듯이 호각.

팽팽한 긴장감이 다시 흘렀다.

후우, 후우.

후우…….

짧은 공방이었지만 둘의 호흡을 흐트러뜨리기 충분했기에
무린도, 혈사룡도 거칠게 나오는 호흡을 정리하고 있었다.

하지만 두 눈만은 완전히 살아 있고, 광망과 살기를 줄기줄
기 뿌리고 있었다.

어느새 형성된 원형의 비무장.

잠깐의 격돌로 대지는 심하게 상처 입어 군데군데 파여 있
었다.

"강하군. 과연 단문석을 죽일 실력이 있었어. 후후, 운이라
고 생각했는데 말이야."

예쁜 얼굴과는 다르게 굵직한 목소리로 밀해 묘한 느낌이

있었지만, 반대로 말의 내용은 무린의 심기를 긁고 있었다.

"그는 운이 없었지. 방심했었으니까, 지금의 당신처럼."

"방심? 하하!"

방심이라는 단어에 혈사룡은 고개를 치켜들고 웃었다.

그러다 눈을 희번득 치켜뜨고 무린을 직시하며 말했다.

"척박한 열사의 대지에서 사는 우리에게 방심? 조금만 방심해도 목숨을 내놓아야 하는 대지에 사는 우리가 방심? 웃기는 소리!"

격앙된 목소리였다.

그렇기에 무린은 답하지 않았다.

상대는 흔들리고 있으니까.

대신 피식 비웃음을 흘렸다.

그게 혈사룡의 심기를 건드렸을까?

"알지 못하면 그 주둥이 닥쳐라……. 배부른 땅에서 처먹고 자란 네놈들이 감히 방심이라는 단어를 내게 꺼낼 수는 없는 일이다."

상처 입은 짐승이 으르렁거리는 느낌이었다.

그러나 이 말은 무린에게 해당사항이 없다.

"배부른 땅? 내가 어디서 왔는지 아나?"

"알아야 하나?"

"알면 그딴 개소리를 못할 테니까."

"큭! 하하하! 그래, 어디서 왔지?"

"북방이다."

모든 것을 함축시킨 단어.

북방(北方).

혈사룡의 얼굴이 기묘하게 일그러진다.

열사의 대지나.

북풍의 대지나.

거기서 거기다.

"하하, 하하하! 인정하지. 개소리였군, 너에게는. 하지
만……."

혈사룡의 시선이 비천대의 뒤, 남궁세가 무인들에게 향했
다.

"저자들에게는 아니지."

"……."

그 말에 무린은 대답하지 않는다.

동시에 무린은 혈사대가 어째서 전쟁을 일으켰는지 알 것
같았다.

'이제… 척박함을 버리고, 편안함을 추구하려는가.'

하지만 그걸 바꾸려면 변해야 한다.

마를 버려야 했다.

그렇지 않다면 중원은 결코 혈사대를 인정하지 않을 테니

말이다.

그렇다고 혈사대가 정도로 들어오기에는 너무 오랜 시간이 걸린다.

그러니 힘으로 갖는다.

빼앗는다.

오랫동안 쌓이고 쌓인 그 힘으로!

이해?

한다. 할 수 있다.

북방의 전쟁도 비슷한 이유 때문이었으니까.

하지만 이해한다고 해서 인정할 수 있다는 말로 이어지는 것은 아니다.

왜?

그걸 인정하는 순간, 전 중원은 마의 대지가 되기 때문이다. 마음은 정사 중간이지만, 겉은 완전한 정도인 무린이다.

이기적이다?

그럴 수 있겠지만 세상에 이기적이지 않은 사람은 없다.

따져 보자면, 무린은 이 세상에서 가장 이기적인 사람 중 하나다.

"웃기는군. 자기합리화도 적당히 해라."

"……."

혈사룡의 눈빛이 가늘어졌다.

무린은 웃었다.

명백한 조소.

"결국엔 남의 물건이나 약탈하는 도적 따위가······. 중원을 넘보다니. 어불성설이다. 다시 사막으로 꺼져라. 그럼 살려 주마······."

무린답지 않은 말투.

남을 찍어 누르고, 깎아 내리는 말투.

그러나 지금 상황에서는 반드시 써야만 하는 말투였다.

스윽. 스윽.

스으으.

혈사룡의 사모창에 붉은 기운이 모이기 시작했다.

처음에는 옅었다가, 가만히 기다릴수록 점점 짙어지고 있었다.

이글거리는 눈빛을 보니, 필살의 일격을 준비하는 것 같았다.

그럼 무린은?

그 또한 마찬가지였다.

두 손으로 쥐고, 앞으로 내민 그 평범한 철창의 끝에, 우웅 빛 기운이 맺히기 시작했다.

기잉.

가아앙!

동시에 이마 앞에도 삼륜이, 맹렬한 회전을 보이며 그 신공의 위용을 알리고 있었다.

사악!

타다닷!

무린이 무풍형을 시전하고 뛰기 시작하자, 혈사룡도 마주 달려오기 시작했다. 순식간에 거리는 좁혀졌다.

혈사룡이 창을 그대로 뿌려냈다. 그에 따라 그 끝에 맺힌 창기가 쭈욱 뽑혀 나오며, 대지를 갈가리 찢으면서 무린에게 쇄도했다.

'흐읍……!'

무린이 가장 자신 있는 일격은?

일격필사의 수는?

비천객의 별호를 만들어 준 투창?

아니다.

간단하고 간단한…….

초보자도 따라할 수 있는, 찌르기다.

무린의 신형이 멈추며, 대지에 미끄러졌다. 그리고 당겨지는 우수. 시위가 떠나듯 압축된 근육을 풀어버리는 무린이다.

투앙……!

갈라지고, 찢겨졌다.

삼륜의 공능은 관통.

평범한 철창의 끝, 뾰족한 날이 혈사룡의 붉은 창기를 그대로 갈라 버렸다. 아니, 꿰뚫어 버렸다.

그러고도 모자라 혈사룡의 안면까지 찢겨진 풍압을 쏘아 보냈다.

슈악!

스악!

혈사룡의 볼이 갈라지고, 귓불이 잘려 나갔다.

필살의 일격을 교환.

승자는…….

비천객이었다.

*   *   *

둘이 필살의 일격을 교환했다.

혈사룡의 일격은 무린에게 닿지 못했다. 그러나 무린의 일격은 혈사룡의 창기를 뚫고 끝까지 도달해, 치명상이 아닌 생채기 수준이지만 목표에 흠을 냈다.

이걸로 명백한 승자가 갈라진 것이다.

과연 삼류의 공능이었다.

분명 혈사룡은 강했다.

정상이 아니었다고는 해도 중천검왕의 일격을 막은 강자

다. 게다가 모용십수의 일인을 꺾은 혈사룡이다.

명백하다고는 못하겠지만, 무린은 그런 혈사룡을 상대로 우위를 점했다.

그게 자존심이 상했을까?

끅!

하고 비틀린 짧은 신음을 흘린 혈사룡이 갈라진 볼에서 흐르는 피를 손등으로 훔쳐 냈다.

그리고 손을 털어 피를 훔쳐 낸 혈사룡이 무린을 직시했다.

"……"

"……"

격돌의 그 전처럼 서로를 노려보며 침묵하는 둘.

평야에 부는 바람이 둘을 스쳐 지나갔지만 무린도, 혈사룡도 움직이지 않았다.

꾸욱.

혈사룡이 입술을 깨물었다.

"인정하지. 강하군. 아주 강하군그래……"

"……"

혈사룡은 무린을 인정했다.

단순한 별호뿐만이 아닌, 무린이 실제로 강하다고, 비천객의 이름이 어울린다고 인정한 것이다.

"당신도……"

무린도 인정했다.

혈사룡의 강함.

무린은 간만에, 아주 간만에 생명을 놓고 싸움을 벌였다.

북방에서야 자주 있었지만, 중원으로 나오고 나서 목숨을 걸고 싸움을 해본 적이 거의 없는 무린이다.

전투야 많았지만, 항상 압도적인 힘에 당했던가, 아니면 반대로 자신이 강자에 위치에서 싸움을 했다.

단문석.

무린이 죽인 그가 어쩌면 무린의 경지와 비슷했을지도 모르지만 그는 삼류의 공능을 파악 못해 방심했고, 결국 일격에 죽었다.

호적수가 될 수 있었지만 그는 그러지 못했다.

비담.

생사결을 펼쳤지만 무린이 위였다.

그래서 쉽게 싸움은 끝났다.

지금 무린은 마침내 호적수를 만났다.

혈사룡.

신성이라 알려진 그의 무위는 역시 높았다. 짜릿짜릿한 쾌감을 얻었다.

'이거야……. 이걸 원했다.'

성장이 멈추지는 않았다.

하지만 지금보다 더욱 강해지려면, 창천대검을 상대할 힘을 얻으려면 강자와의 싸움이 필요하다 여긴 무린이었다.

그걸 지금 얻었다.

꾸욱.

무린은 창대를 쥔 손에 힘을 줬다.

더욱더 싸우고 싶었다.

스윽.

무린의 상체가 다시 앞으로 움직였다.

하지만…….

다가닥.

혈사룡에게 그의 수하가 다가가, 귓속말로 뭐라 하자 혈사룡이 입술을 질끈 깨물더니 몸을 돌려 자신의 기마로 올라탔다.

"아쉽군……."

퇴각하겠다는 뜻이다.

현실을 인지한 것이다.

"끝장을 내고 싶지만……."

혈사룡의 시선이 무린에게, 비천대에게 그리고 중천과 남궁유청에게 차례대로 머물다가 떨어졌다.

특히 중천과 남궁유청.

무린이 혈사룡과 일전을 벌이는 사이, 두 무인은 운기를 했다.

무린을 절대적으로 믿고 중천이 앉아 내상을 다스리기 시
작하자 유청도 지체 없이 흙바닥에 앉았다.

둘을 보고 살아남은 남궁세가의 무인 전부도 따라 앉았다.

비친대가 그런 그들을 은밀히 감싸고 보호했다.

혈사룡과 무린은 대화를 포함해 약 일각 정도를 싸웠다.

무인에게 일각이란 시간은 결코 짧은 시간이 아니다. 내력
만 충만하다면… 상당히 먼 거리를 달릴 수 있고, 수많은 사
상자를 만들 수도 있다.

또한, 운기를 통해 내력을 상당 부분 회복할 수도 있었다.

특히 중천과 남궁유청에게 일각이면, 천뢰제왕공과 창궁
대연신공을 통해 굉장한 회복을 할 수 있었다.

하지만 숨긴다고 숨겼지만, 애초에 철갑마가 그걸 모를 리
가 없었다.

"오늘은 날이 아니군."

"……."

혈사룡은 수하의 전언에 곧바로 마음을 정했다.

퇴각하기로.

그는 제대로 느꼈다.

비천객의 무위.

시슬 피런 고기를 뿜어내고 있는 비친대의 무위까지도.

이들과 맞붙어도 상당한 출혈을 감수해야 한다. 그런데 중천과 남궁유청이 합류하면 출혈을 감당하는 게 아니라, 전멸을 각오해야 한다.

그러니 퇴각하기로 한 것이다.

그는 나이는 젊어도, 사리판단은 제대로 할 줄 알았다.

"다음에, 다음에 만나면 그땐 끝장을 보자."

혈사룡은 그렇게 말하고 등을 돌렸다.

하아!

소리와 고삐를 채자 혈사룡은 거침없이 나아가기 시작했다. 그리고 그 뒤를 따르기 시작하는 철갑마.

"누가… 누가 그냥 보내준다고 했지?"

그러나 무린은 그냥 보내줄 생각이 없었다.

강호의 규칙?

설마, 무린은 병사다.

한 부대를 이끄니 병사라는 직책은 어울리지 않지만 무린은 출신은 병사다.

스으윽.

어깨가 당겨졌다.

투창이다.

탓. 타다다닷!

무린의 몸이 뛰기 시작했다. 무풍형의 힘을 얻고 순식간에 가속도를 얻은 무린은 그대로 창을 뿌렸다.

쇄애애액!

공기를 찢어발기고 무린의 창이 빛살처럼 날아갔다. 곡선을 그리는 것도 아니었다. 그대로 일자로 혈사룡의 등판으로 쇄도했다.

혈사룡의 신형이 바로 뒤돌아졌다.

그의 얼굴이 와락 일그러졌다.

자신의 등으로, 굉장한 속도로 날아 들어오는 무린의 철창을 본 것이다. 비겁? 정말 그렇게 느꼈을까?

전쟁에 비겁이란 단어는 무능력자들이나 내뱉는 변명이다.

혈사룡의 사모창에 붉은 기운이 다시 맴돌았고, 짙어지기도 전에 거칠게 휘둘러졌다.

당연히 무린의 철창을 향해서였다.

그그극!

쩌정!

기와 기의 충돌.

관통의 내력이다.

무린의 철창은 혈사룡의 사모창에 담긴 기운을 뚫으려 했다.

하지만 혈사룡은 그걸 빗겨 쳐 뿌리쳐 냈다.

임무를 완수하지 못하고 땅으로 처박힌 무린의 철창.

쿡! 소리를 낸 혈사룡은 그대로 멀어졌다.

혈사대 일조 철갑마의 퇴각.

천라지망은 깨졌다.

혈사대가 빠져나갔으니 비인만으로 천라지망을 유지할 수는 없는 노릇이다. 정마대전의 첫 전투는 이로써 끝났다.

남궁세가의 참패로.

第六十章

비로(悲路)

귀환병사

전쟁은 참혹하다.

생명은 종이보다도 값어치가 없어진다.

그렇기 때문에 슬프다.

매우…….

"김연호, 피해 상황은?"

무린은 묻기 싫었다.

육안으로 이미 대충 파악은 했다.

없다.

익숙하던 몇몇 얼굴이 보이지 않았다.

출발할 때는 무린까지 딱 오십이었는데……,

지금은 사십이 안 되어 보인다.

생각하기 싫지만…….

"총원 서른아홉입니다."

김연호가 다가와 보고를 했다.

"……."

보고를 들은 무린은 눈을 감았다. 그럼 무린까지 사십. 나머지 열은 전사(戰死), 희생자가 된 것이다.

이 참혹한 전쟁에.

전쟁에 전사자가 안 나올 수는 없는 노릇이다. 시작도 하기 전에 투항을 받아내면 모를까, 전투는 일단 벌어지면 필연적으로 전사자를 생산한다.

전투가 벌어지고도 희생자가 나오지 않는 방법은 단 하나다. 시작과 동시에 어느 한쪽이 백기를 올리고, 항복해야 한다.

하지만 이번 전투는 부딪쳤다.

그것도 격렬하게.

그러니 희생자가 생겼다.

이건 진리다.

유구한 역사 동안, 변하지 않은 진리.

"시신을 찾아라. 조각 하나, 살점 하나 남기지 말고 모두 모아라."

"…네."

착잡함을 넘어선 슬픔을 무린은 느끼지만, 자신은 대주이기에… 그걸 모두 억누르고 명령을 내렸다.

비천대가 사방으로 흩어졌다.

무린의 명령을 수행하기 위해서였다.

"……."

이 시간이, 이 시간이 너무나 싫다.

좀 있으면 전우의 시체를 봐야 한다.

무린은 많이 봐왔다.

한두 번이 아닌, 수도 없이 봐왔다. 그래도 가장 적응되지 않는 게 바로 지금이다. 형용할 수 없는 너무나 참담한 감정을 느껴야 하기 때문이다.

무린은 뒤를 돌아봤다.

제각기 퍼져 살아남았다는 감정을 느끼고 있는 남궁세가의 무인들이 보였다.

"……."

이가 저절로 물렸다.

저들을 구하고자, 아니 정확히는 중천을 구하고자… 열이 넘는 비천대가 죽었다. 분노가 일어났다.

<u>스스스스!</u>

혼심의 발작.

무린은 무시했다.

스스로도 분노하고 있었기 때문이다.

어째서, 어째서…….

무린은 눈을 감았다.

아무것도 보기 싫었다.

겉으로 뿜어져 나오는 어두운 기운.

그렇기 때문인지 아무도 무린에게 다가오지 않았다. 중천조차 다가오지 않고, 허망한 시선으로 하늘을 올려다보고 있었다.

그 또한 지금 현재 매우 힘든 상황일 것이다.

참패.

이리도 처참한 패배를 당했다.

무력 부대를 이끈 대장으로서 이건 고개를 쳐들 수도 없는 패배였다. 온갖 감정의 망령들이 중천에게 들러붙었을 것이다.

허허.

남궁유청의 허허로운, 아니, 허탈한 웃음소리도 들렸다.

강호는 조용했다.

이런 전투는 남궁유처조차 처음 겪어봤다.

그는 개인 대 개인의 결투에서는 매번 승리했다. 물론 처음엔 패배를 경험한 적도 많지만, 그는 나이 이립이 넘어서부터는 거의 승자였다. 그의 검은 꺾이지 않았다. 그런 검객이 이번 전쟁에서…….

패배.

참으로 씁쓸하고 아픈 단어였다.

"대주…….'

김연호의 목소리가 들렸다.

눈을 뜬 무린의 눈으로 보이는 건 한 군데 포개져 있는 시신들.

'아…….'

마음속 깊은 곳에서부터 탄식이 흘렀다.

이 시신들을 전부 가지고 갈 수 없었다.

천라지망은 깨졌지만 적이 정말 물러갔는지도 파악이 안 되기 때문이다.

그러니 하루 빨리 남궁세가로 돌아가야 하는데 전사자의 시신을 챙겨서 간다면 너무 시간이 지체될 것이다.

"김연호."

"네, 대주."

"유품을 챙겨라."

"네."

담담한 무린의 말과 역시 침착한 연호의 대답.

이미 이런 상황을 너무 많이 겪었기에 생긴 내성 때문이었
다.

김연호는 무린의 명령을 바로 시행했다. 시신들의 몸에서
징표를 떼어내고, 그걸 한 군데 모아 챙겨 품에 넣었다.

"태워라."

"네."

불이 붙는다.

묻어줄 수도 있다.

하지만 무린은 태우기로 작정했다.

전투가 끝난 후 이렇게 모인 전사자들을 전부 땅에 묻을 수
는 없다. 그렇다고 방치할 수도 없다.

그러니 태운다.

수많은 시신을 한 번에 정리하기 딱 좋은 방법이다.

매캐한 연기가 피어오른다.

코를 자극하는 타는 냄새를 동반하고서.

하지만 무린은 지켜봤다.

전우의, 동료의 시신이 불에 타오르는 그 슬픈 광경을 두
눈에 담고, 잊지 않겠다고 다짐하면서 머리에 각인시켰다.

'미안하다.'

결국 무린은 사과했다.

진심을 담아, 먹먹한 가슴을 잠시 부여잡고 그렇게 사과

했다.

비천대가 모인 것은 자의다.

타의가 아닌 자기 자신의 결정으로 무린의 곁으로 모였다. 결국 그들의 선택이었다.

이렇게 된 것도 남 때문이 아닌 자신의 잘못으로 사선을 넘다가 쓰러진 것이다.

하지만 그래도 무린은 자기 탓이라 여겼다.

'내 죽어 지옥에 간다면… 너희의 죄, 모두 짊어지겠다.'

이 모든 죄.

내가 감당한다.

'그리고… 걱정 마라. 길동무를… 보내주마.'

누구를?

말할 것도 없지 않나.

혈사대다.

그들이 전우를 죽였다.

그러니 혈사대를 길동무로 보내겠다.

'반드시……!'

이건 다짐이다.

약속이다.

반드시 지켜야 하는.

무린은 등을 돌렸다.

끝까지 두 눈에 담고 싶지만, 상황이 그걸 허락하지 않는다.

지금은 귀환이 먼저다. 이를 악문 무린은 말에 올라탔다.

"한 명씩 뒤에 태우고 귀환한다."

"네."

가타부타 반문하지 않고 김연호는 따랐다.

무린은 중천에게 다가갔다.

다가닥거리면서 무린이 움직이자 남궁유청이 가장 먼저 반응했다.

중천의 곁을 지키다가 무린이 다가오자 가만히 무린을 바라보는 남궁유청.

"고맙네."

"……."

남궁유청이 예를 깊이 취하며 무린에게 감사의 인사를 건넸다.

그러나 무린은 살짝 고개만 끄덕여 보이고, 대답하지 않는다.

그럴 기분이 아니었다.

"자네 아니었으면 여기서 뼈를 묻을 뻔했어. 허허, 이거, 이거… 생명의 은을 너무 크게 입었어. 어찌 갚아야 할지 감도 안 오는구먼……. 허허."

"형님이 계셨기에 행한 일입니다. 신경 쓰지 마십시오."

남궁유청의 탄식 가득한 말에 무린은 냉담하게 대답하고, 중천에게 다시 시선을 돌렸다.

여전히 멍한 시선을 유지하고 있다.

무린은 그런 중천을 불렀다.

"형님."

"……."

대답하지 않는 중천.

복잡할 것이다.

아니, 아예 마구 꼬여 있을 것이다.

한 무리의 수장이 된다는 것은 쉬운 일이 아니다.

그리고 된다 하더라도 그에 따른 책임감이 반드시 따르게 되어 있다.

전투가 벌어지면 수장은 반드시 승리를 위해 싸워야 한다. 질 것 같은 전투도 승리로 이끌어야 하는 게 수장의 능력이다.

그러나 중천은 그걸 못했다.

정보가 완전히 차단될 수밖에 없었다고는 해도, 그걸 바꿔야 하는 게 중천의 몫이었는데…….

지휘관의 몫인데.

물론 준비가 너무나 완벽했다.

보병과 기병의 상성은 그야말로 최악이다.

만약 기병이 그냥 일반 기병이었다면 전세는 아마 뒤집혔을 것이다.

남궁세가의 무인들은 충분히 그럴 힘을 가졌었으니까.

하지만 기병 자체가 특수한 기병이었다.

무공까지 익혔고, 철갑마라는 이름답게 말에도 철갑을 씌워 파괴력과 방어력을 극히 강화시켰다.

이렇게 되니 기병 자체가 강해져 버렸다.

그런 기병들이 중천과 남궁유청이라는 호랑이를 완전히 무시하고 양 떼 사이로 뛰어들었다.

전문가가 아닌 사람들이 봐도 너무나 결과밖에 나오지 않는다.

또한,

중천은 싸움은 알아도 전쟁은 몰랐다.

만약 무린이 남궁세가의 무인들을 이끌었다면 평야로 쉽게 진입하지 않았을 것이다.

시간이 좀 지체되더라도 척후를 운용했을 것이고, 평야 같은 대지는 더욱더 조심했을 것이다.

자만?

그것도 맞는 말이다.

중천은 너무 맹신했다.

천하제일가의 힘을.

그 뼈아픈 실수의 대가를 지금 받고 있었다.

"형님, 정신 차리시오."

"아……."

무린의 조금 큰 말에 깨어났는지, 탄식을 흘리는 중천.

"가야 되오. 내 뒤에 타시오."

"그래, 그래……."

가야겠지.

살아남았으니… 돌아가야겠지.

무린은 살아남은 남궁세가의 무인들을 바라봤다.

"……."

지치고, 지치고…….

그야말로 처참함이 무엇이며 참담함이 뭔지 제대로 보여
주고 있었다.

패잔병도 이런 패잔병이 없었다.

그러다 문득,

'어……?'

무린의 눈동자가 흔들렸다.

"호원 소협은 어디 있소?"

무린도 참… 답을 알면서도 물었다.

뻔해, 뻔하잖은가.

이 상황에, 그가 없다는 것은.

움찔을 넘어 중천의 어깨가 바르르 떨렸다.

"……."

"……."

아… 전쟁.

정말 이따위로…….

"호원 소협은… 어디 있소?"

"……."

무린의 말에 중천은 대답하지 않았다.

다만, 손으로 허리춤에 매달린 가죽 주머니를 꼭 쥐었다.

무린의 시선도 그 손놀림을 따라갔다.

"아……."

무린은 단번에 모든 걸, 깨달아 버렸다.

아아…….

어찌 볼까.

동생을 대체… 무슨 낯으로 볼까.

무린의 고개가 떨어졌다.

전쟁은 너무나 많은 것을 빼앗아간다.

그 누구의 사정도 봐주지 않고.

　　　　*　　　*　　　*

　돌아가는 길.

　천라지망은 역시 깨졌다.

　비인의 살객도, 혈사대의 철갑마들도 전부 어디로 빠져나
갔는지 그림자도 보이지 않았다.

　희녕 근방에서 합비까지 가는 사흘의 시간.

　전부 침묵했다.

　하루에 이들 사이에 나누어진 대화는 전부 열 마디가 넘지
않았다.

　남궁세가야 말할 것도 없었고 비천대도 동료를 잃은 슬픔
에 빠져 있었다.

　더욱이 각 무리를 이끄는 무린과 중천이 아무런 대화도 나
누지 않으니, 그런 현상은 더욱 깊게 자리 잡았다.

　합비에 도착해 남궁세가로 들어설 때까지도 계속됐다.

　개천문을 넘었을 때 무린은 즉시 동생들에게 향했다.

　소천전 앞에서 무린을 기다리고 있던 혜, 월이 그리고 려를
봤을 때야 무린은 기나긴 침묵을 끝냈다.

　"돌아왔다."

　"예, 고생하셨습니다."

　말에서 내린 무린의 말에 혜가 조용히 웃으며 답했다.

뒤이어 무린의 시선이 려에게 향했다.

그리고 품에서 려가 주었던 천을 꺼냈다.

싱긋 웃는 려.

무린이 다치지 않고 돌아왔다는 사실이, 천을 무사히 건네주고 있다는 사실이 그녀의 얼굴에 화사한 미소가 피어나게 만들었다.

"약속 지켰습니다."

"고마워요……."

그다음…….

무린의 시선이 마지막으로 월이에게 돌아갔다.

"……."

무슨 말을 꺼내야 할지, 어떻게 전해야 할지 감조차 잡지 못하는 무린이었다.

그에 입술을 질끈 깨무는 무린이다.

"……."

착 하고 가라앉은 분위기.

무월도 즉시 느꼈다.

잠시 동공이 커졌다가 수축을 하고는 천천히 내리깔렸다.

알아차렸을까?

무린은 눈치가 좋다.

혜는 말할 것도 없다.

그렇다면 월은……?

그녀 역시 좋다.

그러니 눈치챘다.

하지만 눈치챘다뿐이지, 그녀도 어떻게 반응해야 하는지, 어떤 얼굴을 해야 하는지, 모르고 있었다.

연인의 전사…….

그 비보(悲報)를 아직 듣지 못했지만, 무린의 입에서 그 어떤 말도 아직 흘러나오지 않았지만, 이미 들은 것과 마찬가지의 상황이다.

그러니 차라리 듣지 않는 게 어쩌면 좋을 상황이다.

거부할 수만 있다면…….

저벅, 저벅, 저벅저벅.

저 멀리서 일단의 무인들이 소천전으로 다가왔다.

가장 선두에는 산발괴인의 모습을 한 중천이, 그 옆으로 남궁유청이, 그 뒤로 살아남은 무사들 전부가.

다시 그 뒤로… 수없이 많은 사람들이.

흔들린다.

월의 신형이 풍을 맞은 것처럼 흔들린다.

혜가 급히 월을 부축했다.

"……."

"……."

어느새 다가온 중천이, 월의 앞에 섰다.

때와 먼지가 잔뜩 묻은 얼굴.

잠시 후, 그 검은 볼을 타고 한 줄기 방울이 하얀 속살을 걸어내며 가로질러 떨어졌다.

"미안하다……."

정적 후 나온 그 한마디에 월은 눈을 질끈 감았다.

혜의 얼굴에는 참담함이, 려의 얼굴에는 안타까움이…….

무린은 이 모든 걸 외면하고 싶었다.

하지만 그럴 수가 없다.

외면할 수는 없는 노릇.

두 눈에 계속해서 담았다.

"미안하구나……."

중천의 두 번째 사과.

좀 전보다 더욱 가라앉은 목소리였다.

주섬.

허리춤에 달린 가죽 주머니를 풀어 천천히 바닥에 내려놓았다.

"오라비가 너무 무능해… 이것밖에 못 챙겨왔구나……."

으윽…….

손을 들어 입가를 가리는 월.

흘러나오는 오열. 그걸 막기 위한 필사의 몸짓이었다. 그

.

행동이 너무 가련해, 주변 모두가 시선을 돌려 버렸다.

딱 봐도 그림이 나오는 상황.

저 주머니 안엔 무엇이?

말해 무엇하나.

저 크기라면, 사람의 머리통만 한 크기의… 그것에 준하는, 그 부피에 해당되는 것이 들어 있겠지.

"너무, 너무… 미안하다."

휘청거리는 신형을 혜가 강하게 다잡아준다.

"언니, 언니……."

"그래, 월아. 월아……."

"울어도 되나요……?"

허락을 맡는다.

혜에게 묻는 말이지만, 사실은 자기 자신에게 묻는 말일 터.

월은 강하다. 그 피가 어디 가겠나? 나이는 어리지만 강하고 강한 여인이다.

그런 그녀가 울겠다고, 스스로에게 묻고 있다.

그건 그만큼 힘들다는 뜻.

"그럼, 그럼……."

저벅.

혜의 손을 풀어내고, 월은 자세를 꼿꼿이 세웠다. 그리고 천천히 걸어가 가죽 주머니 앞에 섰다.

"……."

아무 말 없이 내려 보다가 스르륵 신형이 무너졌다.

그리고 악취가 흘러나오는 가죽 주머니를 품에 안았다.

아아…….

우으으…….

다시 손으로 입을 틀어막는다.

남궁가 대모의 피를 이은 이 여자는 목 놓아 오열하지 않았다.

그저, 그저…….

우으으…….

가슴으로, 마음으로만 울었다.

그렇게 한참을…….

구슬픈 월의 통곡이 남궁세가를 또 다른 슬픔에 잠기게 만들었다.

전쟁은 이렇게… 슬프다.

第六十一章 강호진동(江湖振動)

귀환병사

중천검왕이 이끈 타격대의 패배. 그 패배로부터 이어진 남궁가 무인의 전멸.

중천검왕과 창천유검이 있었음에도 혈사대의 철갑마에게 전멸을 당했다는 사실은 정말 너무나 빠르게 중원 천지로 퍼져 나갔다.

이 믿지 못할 소식에 허허허 하고 강호의 호사가들도 헛웃음을 터뜨렸다.

상식적으로 이해가 가지 않기 때문이다.

혈사룡이 아무리 강하다 한들, 창천유검은 물론 중천검왕도 상대하기 힘들다.

모용십수의 일인에게 이겼다고는 하나 이 둘은 그 급이 다르다.

그런데도 졌다.

겨우, 간신히 이긴 것도 아니고, 남궁세가에서 출발한 타격대 몇 백을 모조리 죽였다. 생환한 사람은 겨우 스물이 채 안 된다 한다.

웃기지도 않는 일이다.

하지만 그건 진실이었다.

살이 붙어 그 몸집을 거대하게 불린 소문이 아니라 완연한 진실이었다.

어처구니가 없는 현실이었다.

남궁세가가 왜 천하제일가인가.

그 거대한 무력.

그 때문에 남궁세가가 천하제일가로 불린다.

근데 그런 남궁세가가… 힘으로 밀렸다. 아니, 밀린 게 아니라 처참하게 박살이 났다.

전쟁을 아는 자들은 상황을 파악했고, 그 답을 내놓았다.

중천검왕과 창천유검을 빼고 상황을 보자 그 이유가 조금씩 보였다.

전쟁으로 본다면 보병과 기병이 평야에서 붙었다.

볼 것도 없다.

보병의 참패다.

기동력을 살려 때려 박으면 제아무리 난다 긴다 하는 보병들도 기병의 맛 좋은 먹잇감에 불과했다.

그건 유구한 세월 동안 이 땅 위에서 벌어진 전쟁이 증명한다.

이것만 해도 참패의 이유는 설명이 된다.

그러던 차에, 하오문의 개입을 오대세가가 발표했다. 그들이 마도육가에 붙었다고. 그렇게 말했다.

하오문에 무력은 없다.

하지만 무력보다 더욱 무서운 것을 가지고 있다.

바로 정보.

그 정보를 이용한 공작.

귀신같은 공작에 남궁세가는 혈사대가 합비 코앞에 들어와 있는 것도 몰랐다. 비인이 들어온 것도 몰랐다.

정보가 없으니, 그저 소호를 지키려 무작정 달려왔다. 혈사대가 칼을 벼르고 있는 것도 모르고 말이다.

여기서 중천검왕은 실수를 했다.

아무리 급했어도 조심했어야 한다.

물론 중천검왕이 소호의 창고가 불타는, 그렇게 됐을 때 오는 자존심의 타격을 비롯한 여러 가지 상황 때문에 급했던 것은 인정한다.

그러나 누가 봐도 안일했다.

합비에서 소호까지 얼마 걸리지 않는다고 해도, 그 거리를 경공을 써서 달리면 내력은 금방 빠진다.

가장 치명적인 실수는 여기서 벌어졌다.

—왜 말을 타고 가지 않았는가.

뼈저린 실책이다, 이건.

그러나 중천은 그렇게 했고, 소호 근처에 도착했을 때 혈사대가 평야에서 들이닥쳤다.

내력을 소모한 보병이 혀를 날름거리며 기다리던 기병과 붙는다는 것 자체가 미친 짓이다.

결과는 알다시피…….

대패.

그리고 그 자리부터 천라지망이 형성됐다. 혈사대와 비인의 살객들이 힘을 합쳐 만든 천라지망은 중천을 결코 합비 쪽으로 올려 보내지 않았다.

남으로, 남으로.

합비와 멀어지게 만들어 결국은 숨통을 끊어버리겠다는 뜻이었다.

정보를 이용한 공작과 그 공작으로 인해 끈질긴 시간 싸움은 이때 벌어졌다.

참패의 소식은 합비에 도착했고, 구출대가 나선다.

누가 먼저 도착하나.

천라지망 속에서 남궁세가의 구출대가 먼저 중천검왕을 만나든지, 아니면 혈사대가 먼저 중천검왕의 목을 쳐내든지.

결국 시간 싸움이었다.

그렇게 시작된 시간 싸움에서 살아남은 남궁세가의 무인들은 그저 달리고 달리다, 죽었다. 비인의 살객들이 곳곳에서 암살을 시도했고, 죽어나갔다.

이때도 비인의 살객들은 중천검왕과 창천유검은 결코 건드리지 않았다.

지치고 힘이 빠진 남궁세가의 무인들만 골라 암살했다.

끈질기게 말이다.

그리고 결국 최후의 시간이 다가왔다.

모든 전문가들은 고개를 끄덕였다.

이것만 봐도 남궁세가의 참패는 설명이 된다. 전쟁은 힘으로 하는 게 아니라는 것을 안다면 누구나 이해를 할 것이다.

그리고 마지막 그 순간 중천검왕은 죽었어야 했다.

그가 아무리 강해도 혈사룡이 이끄는 일백 철갑마를 상대할 수는 없다.

창천유검이 있더라도 마찬가지다.

지치고 힘이 빠진 둘은 그때 죽었어야 했다.

하지만 그들은 살아 돌아왔다.

변수의 개입이다.

비천객.

그리고 비천대.

단 오십으로 구성된 이 무력 부대는 혈사 일조, 철갑마와의 싸움에서 비슷한 전투를 벌였고, 비천객이 혈사룡과의 대결에서 조금이지만 우위를 점했다.

이것이 의미하는 바는 매우 컸다.

혈사대와 비인이 결국 천라지망을 풀고 모두 퇴각하게 만들었으니 말이다.

영웅의 탄생!

난세가 바라는 영웅이 탄생했다.

무력도 무력이지만, 평소 형님이라고 부르던 중천검왕을 비천객이 단 사십구 인으로 이루어진 비천대를 이끌고 천라지망 속으로 뛰어들어 구해온 사실은 강호를 진동시켰다.

의와 협.

그리고 우정과 의리를 지킨 비천객.

이런 비천객에게 누가 열망하지 않을 수 있을까.

구주천하의 온 대지에, 비천객의 이름은 아주 확실하게 각인이 됐다.

그렇지만 비천객은…….

결코 기뻐하지 못하고 있었다.

*　　　*　　　*

"고생하셨습니다, 대주."

"……."

무린은 운삼의 말에 대답하지 않았다. 그저 찻잔을 지그시 바라보다가 다시 시선을 들어 운삼을 바라봤다.

"운삼."

"네."

"묻고 싶은 게 있다."

"물어보십시오."

후르릅.

운삼이 차를 한 잔 마시고 무린을 바라봤다. 무린은 그런 운삼의 시선을 마주보면서 한마디를 던졌다.

"개입했나?"

개입.

무슨 개입을 말하는지는 굳이 전부를 설명하지 않아도 알 만했다.

정보를 흘렸나 이것을 말함이다.

"안 했습니다."

운삼은 고개를 저으며 즉답했다.

"확실한가?"

"네."

"……."

지그시 노려본다.

이미 운삼은… 한 차례 무린에게 전부를 설명하지 않았다. 물론 천왕공의 말을 진실로 믿었을 때의 얘기다.

"그럼 다시 묻지."

"네."

"마도육가와 오대세가의 음지에서의 싸움은 알고 있었나?"

"……."

대답이 느리다.

눈동자도 묘하게 변했다.

알고 있었다는 뜻이다.

"아, 천왕공……. 그가 말했습니까?"

"……."

운삼의 질문에 무린은 대답 없이 고개만 끄덕였다.

"알고 있었습니다."

"왜 얘기하지 않았지?"

"모르셔도 되니까요."

"어째서?"

"오대세가와 마도육가의 싸움. 굳이 그걸 대주께서 아셔야 하는 이유는 어디에도 없습니다. 오히려 복잡해질 뿐. 그리고 천왕공은 대주를 의심했을 겁니다. 맞습니까?"

"그래, 의심하더군."

"대주."

운삼의 상체가 앞으로 나온다.

"솔직히 얘기하겠습니다. 저는 대주가 이번 싸움에 끼어들길 원했습니다. 월 소저의 혼인을 위해 포기하려고 했던 것, 그걸 써먹기 아주 좋은 환경을 대주에게 만들어주고 싶었습니다."

"......"

무린은 운삼의 눈을 똑바로 바라봤다.

운삼도 피하지 않았다.

"솔직히 말해 정보를 흘릴 생각은 했습니다. 상황을 안 좋게 만들면 대주는 분명 나서실 테니까요. 하지만 알아서 상황이 만들어졌습니다. 그래서 저는 그걸 바로 대주에게 전한 겁니다."

"......"

"그리고… 제가 정보를 흘렸다면, 삼대단 정도가 움직였어야 했을 겁니다. 그들 하나만 전멸해도 나중에 대주에겐 정말 좋게 작용할 테니까요."

"……."

무시무시한 말을 참으로 쉽게도 한다.

"그리고 하나 더, 저 지금 비천대의 조원입니다."

"……."

비천대의 조원이라…….

무린은 운삼의 눈을 본다.

운삼도 무린의 눈을 본다.

믿어 달라는 눈빛과 믿게 해달라는 눈빛이 부딪쳤다.

"후우, 믿는다."

하나 무린은 이미 믿을 수밖에 없는 상황이다. 비천조원을 대주인 자신이 믿지 않으면 누가 믿겠는가.

그런 무린에게 운삼은 두 눈을 빛내면서 말했다.

단호하고 서늘한 눈빛이다.

저절로 무린은 경직되는 것을 느꼈다.

그건 운삼이 두려워서가 아닌, 자신의 수하의 독함을 예견했기 때문이다.

"대주, 아니, 형님. 제가 사고를 칠 거면… 말하고 치겠습니다. 그때 목을 치든지, 내치시든지 하십시오. 그 이전까지는 절대적으로 저를 믿어주십시오."

대놓고 사고를 치겠다고 예고한다.

어떤 사고일지, 말 안 해도 무린은 알 것 같았다. 그리고 운삼을 막을 방법이 없다는 것도 깨달았다.

운삼을 막으려면 진짜 목을 쳐야 멈출 것이다.

그러나 무린은 그럴 수 없다.

운삼이 왜 그런 마음을 품었는데, 오직 자신을 위해서가 아닌가.

자신을 위해서 일을 벌였다고 그 사람의 목을 친다?

무린은 그렇게는 못한다.

이미… 비천대에게 충분히 미안하기 때문이다.

"안 치는 건 안 되겠나?"

"후후."

운삼은 웃었다.

"그러기엔 제가 형님을 생각하는 마음이 너무 큽니다. 후후후."

그렇다는 건 결국 무린을 위해서라면 결정적일 때 한 방 크게 터뜨리겠다는 뜻이다. 그러니 마음에 걸린다.

"내 사람에게 피해가 갔을 경우… 나도 내가 어떻게 될지 모른다. 그것만은 명심해라."

무린은 운삼을 안다.

그 집요함을.

돈에도 그런 반응을 보이지만, 이번에는 그 대상이 무린의 일로 옮겨져 왔다.

대체 어떤 일이 벌어질지 상상도 하기 싫었다.

그래서 경고했다.

내 사람, 내 사람만은 건드리지 말라고.

"걱정 마십시오. 형님 사람이면 제 사람이기도 하니까요."

"믿겠다."

결국, 부분적으로 허락해 버린 무린이다.

후우, 한숨을 쉰 운삼이 무린을 보며 다시 말한다.

"이 얘기는 넘어가고, 그동안 들어온 정보입니다. 들어보시겠습니까?"

"그래, 들어보자."

정보다.

전쟁에서 가장 중요한 건 정보.

돌아가는 판을 알아야 전쟁도 치른다.

"비인, 군벌과 모용세가가 부딪쳤습니다. 호각세입니다. 비인의 은밀함, 군벌의 잔혹함이 모용가의 정교함에 비해 한 치도 밀리지 않고 있습니다."

"군벌……."

퇴역병들이 가장 많이 들어가는 곳이 군벌이다.

피를 잊지 못한 자들이 찾는 곳.

파괴, 그리고 살인.

오직 이 두 가지가 존재의 이유다.

그럼에도 그들은 세워지고, 아주 오랫동안 침묵을 유지했다.

천하에 공표를 했으면서도 백 년 이상을 침묵하고 기다려왔다.

그러니 정도 무림도 그들을 어쩌지 못했다.

아무런 짓도 벌이지 않았으니 명분 자체가 아예 없기 때문이다.

그렇게 집약된 힘을 이번에 터뜨렸다.

노도, 질풍이라는 단어가 참으로 어울렸다.

거침없이 몰아쳐 요녕(遼寧)의 심장인 심양(瀋陽)으로 진격했다.

심양은 모용세가가 뿌리를 내린 곳.

당연히 모용세가는 정예를 꾸려 요격에 나섰다.

요녕성은 척박한 곳.

그러나 그 척박함에 맞지 않게 모용세가의 가전무공은 정교하기 이를 데 없었다.

톱니바퀴가 맞물리듯이 초식과 초식의 사이에 틈이 없다.

기계적인 정교함이다.

천하오대세가에는 들지 못했지만, 모용세가는 사실 무공으로만 따지면 제갈가에도 밀리지 않았다.

예전 혈사대를 밀어버렸을 때도 그런 정교한 무공이 한몫했다.

거기다가 성격도 마찬가지다. 결코 엉성한 것을 참아 넘기는 성격이 아니다.

모든 게 정확히 맞아 떨어져야만 만족하는 성격이다.

운삼이 다시 말한다.

"비인의 특급 살객들의 암살에도, 군벌의 잔혹한 진격에도 모용세가는 악착같이 버티고 있습니다. 한동안 치열하게 치고 박더니, 지금은 대치 중입니다. 사실상 막혔다고는 봐야 하지만 고착 상태라고 보는 게 정확할 것 같습니다."

"음, 대치는 비슷하니 생기는 상황이지. 어느 하나가 틈을 보이거나 흐름만 탄다면 대치 상황은 바로 끝장날 거다. 그리고 한쪽은 그대로 밀리겠지."

"비슷한 전력이니 그럴 겁니다. 비인, 군벌이 백여 년간 조용히 힘을 키웠다면, 모용세가도 그에 못지않게 힘을 키웠을 테니까요."

백여 년간의 평화.

어느 한쪽만 힘을 키우지는 않았을 것이다.

한쪽이 조용하면 다른 반대편도 당연히 조용하다.

그렇다면 둘이 같이 조용하니, 힘 또한 같이 키웠을 것이다.

그렇기 때문에 호각세(互角勢).

"어느 한쪽이 움직이는 순간, 흐름은 분명히 움직일 것이다."

하지만 그 이전에 무린은 할 말이 있었다.

"모용세가는 도움을 요청했나?"

"아닙니다. 모용세가는 고집도 유명하니까요."

"그렇군."

사실 모용세가는 그만큼 정교한 무공과 성격 탓에 고집이 강했다.

자신감이라고 불러도 좋긴 하지만 그게 조금 도가 지나치는 경향이 있었다.

본가에 대한, 자신의 능력에 대한 맹신까지는 아니어도, 그에 준하는 믿음을 스스로 가지고 있는 곳이 모용세가였다.

그리고 무린이 이걸 물은 이유.

'비인, 비인……'

원수다.

누구의?

호원이다.

중천이 말했다.

교전 중 비인의 살객에게 호원의 목이 떨어졌다고…….

그러니 원수다.

호원과 무월의 원수인 비인이다.

무린의 눈동자가 서늘하게 빛난다.

"포달랍궁, 만독문과 대치하고 있는 사천당문. 당문의 저력은 무섭습니다. 임전불퇴의 각오로 두 세력을 밀어내고 있습니다. 이미 여러 차례의 교전에서 계속 압도까지는 아니어도 승리하고 있습니다."

"그쪽은 걱정하지 않아도 되겠군."

"네."

"구양은?"

"그게… 모호합니다."

"모호하다?"

그건 곧 행적을 파악하지 못했다는 것, 행적을 모른다는 것은 그들의 의중을 파악하지 못했다는 뜻으로 볼 수 있다.

"하오문이 철저히 숨기고 있습니다. 하지만 분명… 오대세가 중 한곳을 노릴 겁니다."

"음……."

구양은 무섭다.

마도제일세(魔道第一勢).

간략하게 설명하자면…….

소수, 최정예.

고작 백 안팎의 무인밖에 없지만, 그들 전부가 절정의 고수다.

즉, 백인군단이란 소리다. 군단이란 크고 강성해야 군단이라고 한다.

하지만 구양세가는 단 백인으로 군단이라는 그 소리를 듣기에 충분했다.

"남궁세가나 제갈세가로 올 가능성은?"

"배제하지 못하겠습니다. 남궁세가는 힘으로 정점, 제갈세가는 지략으로 정점. 어느 하나를 깨부순다면 마도육가에 필히 유리하게 돌아갈 테니까요."

"음……."

"일단 최선을 다해 찾고 있습니다."

"부탁하마."

"후후, 걱정 마십시오."

"혈사대는?"

무린은 물었다.

남궁가의 원수를.

"이미 안휘성을 빠져나갔습니다. 분명 기동력을 살려 지원을 갔을 텐데, 아마 요녕 쪽이 아닌가 합니다. 흔적이 그쪽을 향하고 있습니다."

기마대니, 저 멀리 떨어진 성까지 지원을 간다.

못할 일이 절대 아니었다.

잘 단련된 기마면, 쉽게 지치지 않고, 지쳤다 해도 휴식만 잘 취하게 해주면 금방 체력을 회복할 테니 말이다.

톡. 톡톡.

무린은 눈을 감고 손가락으로 탁자를 툭툭 두들겼다.

"그래, 그렇단 말이지. 뒤의 흔적도 계속 찾을 수 있나?"

"남겨만 놓는다면요."

"그렇군……."

무린은 마음이 섰다.

"혈사대, 비인의 정보를 최대한 알아서 다오."

"…참여하실 생각이십니까?"

"그래."

명분이 섰다.

복수라는 명분이.

내 동생의 행복을 빼앗아간 그들에게 복수할 명분.

또한, 죽어간 비천대의 넋을 가려야 할 명분도 섰다.

설마 가만있을 줄 알았던가?

무린은 은과 원은 확실하게 계산하는 성격이다.

더욱이 무린은 다짐했다.

반드시 복수를 해주기로.

"며칠 내로 비천대가 전원 모일 겁니다. 그 전까지 정보를 종합해서 보내드릴 테니 바로 출진은 하지 말아주십시오."

"알겠다."

비천대가 온다.

태산에 남아 있던 비천 일조부터 사조까지.

전원이 내려오고 있다.

비보가 전해진 것이다.

동료 열이 전사했다는 비보를.

가슴속에 얼음보다 서늘한 복수의 칼날을 품고 전원이 내려오고 있었다.

"가보겠다."

"네."

무린은 일어섰다.

계단을 내려가는 무린.

운삼은 그런 무린의 등을 가만히 바라본다.

후우.

짙은 한숨을 쉬고, 이내 운삼의 모습도 사라졌다.

강호는 비천객의 재출진을 조만간 접할 것이다.

그렇게 되면… 또다시 진동할 것이다.

비릿한 피 내음을 동반하고.

第六十二章 약속(約束)

　무린은 거침없이 걸어 동생의 방으로 향했다.

　시간이 흘렀음에도 방에서 두문불출하는 동생. 사랑하는 연인을 잃은 충격에서 쉽게 빠져나오지 못했다.

　아버지 때와는 다른 모습.

　왜 그럴까?

　곰곰이 생각해 봤더니 혜나 월은 아마 그때 아버지의 행동들을 보면서 본능적으로 느끼고 있었던 것 같았다.

　실의에 빠져, 집안은 돌보지도 않고 무언가 텅 비어버린 모습을 보이셨던 아버지.

이미 삶에 지칠 대로 지쳐 있었던 혜와 월은 그래서 아버지가 돌아가셨을 때 그리 힘들지 않았었나 보다.

그저 멍했겠지.

아무것도 없었기에 무엇 하나 빠져도 그 상실감이 크지 않았을 것이다.

그만큼 그때의 상황은 최악이었다.

하지만 지금은 다르다.

행복을 손에 쥐고 있었다.

가진 게 많았다.

오히려 이럴 때 더욱 힘든 법이다.

너무 힘들어 정신을 못 차리는 법이다.

월이 지금 그랬다.

"오라비다. 들어가도 되겠느냐."

방문 앞에서 무린은 물었다.

"들어오세요."

힘없는 목소리로 월이 허락을 했다.

무린이 방문을 열고 들어가자 침상 위에 가만히 앉아 있는 동생을 볼 수 있었다.

며칠째 이런 모습을 보이고 있는 월이.

무린은 가슴에 묵직한 돌덩이가 내려앉는 것을 느꼈다. 월이는 밝았다. 아니, 정확하게는 밝았다.

그런 월이가 이런 모습을 보이려면 대체 얼마나 힘들어야 할까? 무린은 월이의 앞 탁자에 앉았다.

첫마디가 궁색했던 무린은 결국 가장 보편적인 질문을 했다.

"괜찮으냐."

"네, 괜찮아요."

대답은 바로 나온다.

하지만 무린을 보고 하는 대답이 아니다.

"정말 괜찮으냐."

"네, 정말 괜찮아요."

이번에도 바로.

"……."

그러나 무린은 그 대답에서 월이가 괜찮다지만 아주 조금도 그렇게 느끼지 못했다.

고개를 푹 숙이고 있어 얼굴도 보여주지 않고 있었다.

"오라비를 봐다오."

"……."

"네 얼굴이 보고 싶구나."

"……."

묵묵부답이다.

휴우, 한숨을 쉰 무린은 자리에서 일어나 월이의 앞에 무릎을 꿇었다. 그리고 손을 뻗어 동생의 얼굴을 잡고 천천히 올렸다.

"……."

"……."

마주치는 눈.

무린의 눈은 걱정이 가득했고, 반대로 월이의 눈은 슬픔이 가득했다.

"우리 월이, 괜찮지 않구나."

"……."

무린의 그 말에 월은 눈을 감고 고개를 돌렸다.

감히 무린의 눈을 볼 수 없었을까? 사르륵 흔들리는 푸석한 머릿결이 무린의 볼을 건드렸다.

"힘드니."

"……."

이번에도 월은 대답하지 않았다.

"월아."

"……."

불러도, 불러도 대답은 해주지 않으니 무린은 월이의 반응을 이끌어내야겠다고 생각했다.

자극적인 단어를 써서.

"이 오라비가… 복수를 해주마."

"……."

이번에도 대답은 하지 않았지만 천천히 고개가 돌아왔다. 그리고 무린의 눈동자를 마주보는 월.

그렁그렁한 그 눈빛을 보면서, 빨갛게 부어 흉측하다 할 수도 있을 그 눈을 보면서 무린은 가슴이 찢어지는 것 같았다.

가족의 슬픔은 자신의 슬픔이요, 가장이 감내해야 할 고통이다.

또한 가장이 처리해야 할 사안이다.

무린은 또박또박 다시 말했다.

"이 오라비가 해주마, 복수."

"오라버니……."

무린의 말에 월이가 갈라진 목소리로 무린을 불렀다.

무린은 직시했다. 월이의 눈을 똑바로 마주하고 다시 한 번 더 말했다.

"해주마, 호원 소협의 복수."

"……."

"내 슬픔의 원인을 제공한 자들, 이 오라비가 전부 지워주마."

"……."

이를 질끈 깨무는 월이었다.

지금 마음속에서 감정의 갈등을 겪고 있을 것이다.

복수.

참으로 쉽게 내뱉을 수 있는 단어지만 실천하기 반대로 힘든 그 단어.

월이는 알고 있다.

자신이 복수할 수 있는 방법이 없다는 것을. 하지만 이것도 알고 있다. 무린은 할 수 있다는 것.

하지만 무린에게 복수를 부탁하는 짓을 월은 할 수 없다.

무린이 북방의 수라장에서 얼마나 많은 생명의 죽음을 목도하고, 자신의 볼을 잡은 투박한 손으로 헤쳐 왔는지 너무나 잘 알기 때문이다.

그런 무린에게 복수를 부탁한다?

제정신이라면 해서는 안 되는 짓이다.

월은 제정신이었고, 아무리 복수를 하고 싶어도⋯ 무린에게 그걸 부탁할 심성을 가지고 있지 못했다.

또 몰랐다.

혜라면 어땠을지.

하지만 어쨌든 월은 못한다.

근데 지금 무린이 먼저 그 얘기를 꺼내고 있다.

"해주마, 복수."

다시금 무린은 말했다.

월이의 귀에, 뇌에 각인시키듯이 너무나 담담하게 말했다.

월이의 눈동자가 파도를 만난 것처럼 흔들렸다.

수락하고 싶다.

해주세요.

호원 가가의 복수를 해주세요.

이 동생을 위해… 해주세요.

하고 싶다.

그게 월이의 솔직한 속마음이었다.

연인이 죽었다.

이건 아주 자연스러운 마음이다.

그 누구도 월이를 욕해서는 안 되는 법.

죽음을 죽음으로 갚아주겠다는데, 대체 누가 뭐라고 할 것인가.

무린은 다시 말했다.

"마지막으로 묻겠다. 고개만 끄덕여 다오."

"……"

그리 말하고 무린은 다시 월이를 직시한다. 그리고 또박또박 말했다.

"복수, 해주마."

"……"

무월은 역시 대답하지 않았다.

하지만 고개가 위아래로 흔들, 끄덕거렸다.

힘겹게 움직이는 고갯짓이었다.

그러나 괜찮다.

의사를 표현했다는 게 중요한 법이다.

무린은 그런 무월의 끄덕임에 웃었다. 대견하다는 듯이 머리를 쓰다듬었다.

그럴 상황은 아님에도 불구하고 말이다.

"걱정하지 마라. 이 오라비는 힘이 있다. 강호에 비천객이라 불리는 사람이 이 오라버니다. 그리고 어차피… 이 오라비는 혈채를 받으러 떠날 생각이었다. 이왕이면… 호원 소협을 해친 무리들에게 말이다."

안심시키듯이 그렇게 말하는 무린.

화사하게 웃어주진 못하지만, 동생에게 지어줄 수 있는 가장 포근하고 따뜻한 미소를 무린은 지어줬다.

"……."

그 말에 월은 이를 악물었다.

정신이 든 것이다.

하지만 정신이 들면서 또 한 번 감정의 대립이 마음속에서 이루어졌다.

'말려야 해, 아니야, 오라버니가 호원 가가의 복수를 해주신 다잖아.'

두 감정의 대립이 격하게 이루어졌다.

무린은 눈치챘다.

그래서 자리에서 일어났다.

"걱정하지 마라. 이 오라비가 너의 슬픔을 모조리 제거하고 오마. 그러니 다시 볼 땐, 월이 네가 웃는 모습이었으면 좋겠다."

무린은 그렇게 얘기하고 월이의 어깨를 툭툭 두드려 주고는 밖으로 나갔다.

무월은 그런 무린을 잡지 못했다.

서운한가?

아니, 무린은 그렇지 않았다.

아주 조금도 서운하지 않은 마음을 확실히 느끼고 지금 있었다. 이건 자신이 직접 생각하고, 추진하는 일이다.

망설임도, 후회도 없었다.

그러니 밉지 않았다.

옆방으로 향하는 무린이다.

안으로 들어가니 혜와 려가 탁자에 앉아 있었다.

"오셨어요?"

"……."

끄덕.

려의 인사에 무린은 고개를 끄덕이고 남은 의자에 앉았다. 그리고 혜를 바라보는 무린. 할 말이 있음을 눈빛으로 알렸다.

무린의 눈빛을 받은 혜의 눈은 순식간에 가라앉았다.

이미 눈치챈 것이다.

"또 떠나실 생각이신지요?"

"그럴 생각이다."

"어째… 서……."

입술을 질끈 깨무는 혜.

그런 혜에게 무린은 말한다.

"복수다."

"……."

무린의 말에 혜는 대답하지 못했다.

월이에게 했던 복수라는 단어보다 왜 이번에 혜에게 말한 복수라는 단어가 더욱 끈적하고 불길하게 느껴지는지.

"비천대가 죽었다. 열 명이 죽었어. 나를 위해 이곳으로 와 준 이들이다. 나는 그들의 혈채를 받아야겠다."

"……."

혜는 눈을 감았다.

그리고 이번에도 말릴 명분이 없음을 깨달았다.

비천대를 누가 모았나.

관평이? 장팔이?

맞다.

그 둘이 부른 게 맞다.

하지만 둘은 고민했다.

그 고민을 끝장낸 게… 바로 혜다.

즉, 비천대를 모으는 데 일조한 게 혜다. 그렇게 되면 비천대를 죽음으로 이끈 것도 넓게 본다면 혜가 된다.

혜는 똑똑하고 사고의 폭이 넓다.

그래서 이 부분을 명확히 인지하고 있었다.

"또한……."

"……."

무린의 말에 혜가 고개를 들어 무린을 봤다.

"월이에게 다짐했다. 호원 소협의 복수를 해주겠다고."

"아아……."

탄식이다.

이걸로 모든 명분은 무린이.

혜는 단 하나도 얻지 못했다.

막을 수 없다는 걸 혜는 절실히 깨달았다.

"무사히… 다녀오시겠다고 약조만 해주세요."

"그러마. 꼭 그러도록 하마."

혜는 결국 허락의 말을, 무린은 그 말에 답했다. 기분 좋은 웃음을 지어주니, 혜는 고개를 픽 돌려 버렸다.

혜답지 않은 투정이었다.

무린은 려를 바라봤다.

두 눈동자가 흔들리고 있었다.

전장으로 다시 떠나겠다고 선언하는 사랑하는 님을 바라보는 눈빛이었다.

무린은 그 눈빛을 마주봤다.

무린의 눈동자를 마주한 려의 눈동자가 더욱 흔들렸다.

그렁그렁, 눈물이 맺히고 있었다.

입술을 잘근잘근 깨무는 모습까지 보였다.

그녀는 안다.

얼마나 위험한 길이 될지.

강호를 잘 아는 그녀이기에 너무나 잘 안다.

그저 산적소탕 하러 떠나는 길 같은 게 아니다.

정마대전.

정도오가를 비롯한 무가와 마도육가가 맞붙는 거대한 전쟁이다.

얼마나 많인 피가 흐를지, 얼마 전 남궁세가의 타격대만 보아도 알 수 있었다.

또한 한치 앞을 볼 수 없는 어두운 혈로였다.

"꼭······."

"······."

말을 잊지 못하는 려.

이미 그녀의 가슴속엔 무린이 가득 차 있었다. 연심이라는 건 자신의 마음대로 제어가 안 되는 것.

그렇기 때문에 힘든 것일까.

"꼭… 가셔야 하나요?"

"……."

힘겹게 끝맺는 그 말에, 무린은 말없이 고개를 끄덕였다.

근데, 려도 사실 알고 있었다. 그렇게 묻는다 한들, 가지 말라 붙잡는다 한들 무린은 또다시 출진할 것이라는 걸.

왜?

혜조차 잡지 못했기 때문이다.

혜도 못 잡았는데, 려가 잡을 가능성이 없다.

려는 그걸 알고 있었다. 하지만 헛된 희망에 한 번 말해봤을 것이다.

"…이이."

"……."

고개를 푹 숙이는 려의 얼굴에 한 방울 눈물이 뚝 떨어진다.

무린은 그 눈물을 보았다. 아, 려 아가씨가 나를 정말 연모하는구나.

다시 한 번 깨닫게 되지만 지금은 사치의 감정.

"하아, 어디로 가실 생각인가요?"

붉어진 눈매를 소매로 훔치며 려가 물었다.

"요녕 땅으로 갈 생각입니다."

"요녕, 요녕……."

멀고 먼 길.

산동을 넘어, 북경을 넘어, 산해관 그 너머에 있는 거칠고 척박한 북풍의 대지. 그 먼 곳까지 가시겠단다.

"얼마나, 얼마나 걸릴까요……?"

"……."

고개를 젓는 무린.

그건 무린도 모르는 일이기 때문이다.

려는 품에서 다시 천을 꺼냈다.

그리고 살며시 무린에게 내밀었다.

"다시 가져가세요. 그리고 다시 돌려주세요."

"……."

무린은 말없이 그 새하얀 천을 받아 품 안에 갈무리했다. 그 후, 무린은 자리에서 일어나 밖으로 나갔다.

저벅저벅 걸어 자신의 방으로 돌아온 무린은 철창을 들었다.

"……."

막야가 만들어 준 철창은 이가 조금씩 빠져 있었다. 하지만 그럴 수밖에 없었다. 이건 막야의 실력이 부족해서가 아닌, 병장기 재료에서 밀린 탓이다.

혈사룡의 창은 신병(神兵)은 아니다. 하지만 기병(奇兵)은 된다.

실력 있는 장인이 좋은 재료로 만든 병장기다.

사모창은 날카롭고, 단단했다.

비슷한 힘으로 부딪쳤지만, 병장기는 날이 이미 상당 부분 나가 버렸다.

"……"

어찌해야 하나.

병기는 중요하다.

특히 무린은 창 한 자루에 목숨을 거는 무인. 병장기에서 완전히 자유로워진 무인이 아니기에, 더욱 신경 써야 했다.

전투 중에 창이 부러진다면 그것만큼 위험한 일도 없다.

'들러야겠어.'

무린은 가는 도중, 막야에게 들러야겠다고 생각했다.

그는 현재 태산에 자리 잡았다.

무린이 그때 구해준 은 때문이었다.

'들르는 김에 스승님도 만나 뵙고.'

태산은 반드시 거쳐야 하는 길목이 되었다.

그럼…….

'동생들은? 려 아가씨는?'

데려가야 할지, 말아야 할지 고민이 됐다.

행군은 빠를 것이다.

모용세가와 비인, 군벌의 대치가 무너지기 전에 도착해야 했다. 그러니 쉴 틈 없이 달릴 것이다.

그럼 분명 힘들 텐데…….

'그래도 여기보단 낫겠지.'

데려가자.

결정이 났다.

남궁세가를 이제는 떠날 때였다.

하지만 그럴 생각을 하니 씁쓸했다.

어머니…….

그분을 만나 뵙지 못해서였다.

기분이 축 처지는 걸 무린은 느꼈다.

아…….

속에서 탄식이 흐르고.

어김없이 혼심이 찾아온다.

그리고 그 혼심의 작용에 무린의 마음이 움직였다.

기이잉!

이륜이 격렬히 돈다.

그러나 소용이 없었다.

이번은 혼심의 완벽한 승리였다.

第六十三章

모(母)

해가 떨어지고, 밤이 됐다.

어둠이 대지를 잡아먹고, 온 사방을 자신의 권역으로 만들었다.

밤은 마력의 시간. 혼심의 발작은 그 마력을 받아먹고, 더욱 무린을 장악했다.

'중심, 남궁가의 중심⋯⋯.'

그곳에 어머니가 계신다.

가는 길은 모르지만 무린은 안으로, 좀 더 안으로 들어갔다. 물론 어둠에 몸을 맡기고, 그를 넘어 거의 동화한 채로.

스윽.

무풍형은 형체가 없는, 소리도 없는 바람. 이미 경지에 오를 대로 오른 그 신법은 무린의 기척을 아주 제대로 감추어주었다.

수많은 사람이 남궁가의 내성에 있었지만, 무린을 잡아내지 못했다. 그래서였을까? 무린의 행동은 점차 빨라졌다.

대모가 사는 곳.

그곳에 가까워지자 무린은 삼륜을 일깨웠다.

기잉.

기이잉!

상단을 열고 기음을 토하는 삼륜은 주변으로 기감을 뿌려 정보를 무린의 뇌로 전달했다.

'하나, 둘, 셋……. 많군.'

느껴지는 게 많다.

선천적으로도, 후천적으로도 워낙 무린의 기감은 좋은데 상단을 열어 삼륜의 공능까지 받아들이자 무린은 주변에 은신해 있는 남궁세가의 무인들이 정말 많이 있음을 알 수 있었다.

하지만 무린은 그래서 깨달았다.

'이곳이다.'

자신이 제대로 찾아왔음을.

이곳에 어머니가 있음을!

그렇지 않다면 이렇게 많은 수의 무인이 은신해 있을 이유가 없다.

'침착, 침착하자.'

무린은 자신을 가라앉혔다.

지금부터는 신중해야 한다. 신중하지 못하면, 그대로 발각될 것이다.

'느껴지는 기세가 무겁다. 철검대…….'

묵직함이 느껴진다.

은신을 했으면서도 그 기세가 느껴지는 건 갈무리를 못해서도 있겠지만, 이들의 익힌 무공이 워낙 특성이 강해서였다.

남궁가 비전.

철검식.

천하 수많은 중검 중, 최고를 다투는 검식.

무린은 남궁철성이 떠올랐다.

'그도 이곳에 있을까?'

그렇다면…….

무린의 인상이 찌푸려졌다.

어쩌면 힘들겠다는 것을 예상한 것이다. 하지만 그렇다고 여기까지 와서 포기할 수는 없는 노릇 아닌가.

'뚫는다!'

힘을 써서라도!

무린은 이미 결정되어 있던 마음이지만 다시 한 번 결정했다.

아니, 결정이 아니라 스스로에게 거는 주문, 다짐에 가까웠다.

무슨 수를 써서라도 어머니를 만나고 가겠다는.

무린은 움직였다. 전각의 그림자에서, 저 앞의 전각의 그림자 사이로.

지도가 있었다면 좋았겠지만 그런 게 있을 리가 없으니 오로지 감에 의지해 움직였다.

'가장 경계가 두터운 곳을 뚫는다면……'

아마 그곳에 어머니가 계실 것이란 생각을 하면서.

빠르게 움직이는 것 같지만 무린은 신중했다. 결코 섣부르게 움직이지 않았다. 조그마한 소리라도 흘리면 철검대는 곧바로 반응할 것이다.

그리고 경계는 더욱 삼엄해질 것이고, 파고들기도 전에 무력으로 부딪칠 것이다. 좋다. 무력으로 뚫는 것도 나쁘지 않다.

자신도 있다.

하지만…….

부딪치는 순간 지원군은 들어온다.

무린이 알기에 창천대, 창궁대는 안휘성을 이 잡듯이 뒤지고 있다.

창천대는 하오문을 찾는 즉시 참(斬)하고 있었고, 창궁대는 혈사대, 비인의 잔존세력을 쫓아 올라갔다.

그래서 남궁가엔 철검대만 있다.

그러나 이들만 있는 것도 아니다.

천하 각지에서 모인 남궁가의 무사들이 있다.

그들이 참여하게 되면 골치가 아파진다.

무린이 아무리 강해도 시간을 분명히 빼앗길 것이고, 고립될 것이다. 그렇다면 어머니를 만나는 건 사실상 불가능해진다.

그러니 조용히 들어가는 게 최선이다.

스윽.

무린은 다시 움직였다.

안으로 들어가면 갈수록 역시 경계가 삼엄해지고 있다.

슥.

무린은 또 움직였다.

몇 번을 더 움직이자 완전히 경계의 중앙으로 들어와 버린 무린.

이제는 조금만 잘못 움직여도 그 즉시 걸린다.

어둠에 익숙해진 시야로 거대한 담장이 보였다.

족히 십 장은 되어 보이는 거대한 담.

무린은 직감적으로 깨달았다.

저곳이다.

저곳에… 저 담장 너머에…….

어머니가 계신다.

한 발자국.

소리를 죽이고 한 발자국 걸었을 때,

"거기까지."

무린의 전면으로 그림자 하나가 떨어져 내렸다.

"……."

과연…….

남궁가.

만만치 않았다.

*　　　*　　　*

만만치가 않다는 뜻은,

'느끼지 못했다.'

눈앞의 중년인의 기척을 무린은 전혀 느끼지 못했기 때문이다.

바로 코앞까지 다가왔는데도 무린이 느끼지 못했다는 건

최소 무린보다 많이 강하다는 걸 뜻했다.

그것도 아니라면 은신에 특화된 무공을 익혔을 것이다.

아니, 은신에 특화된 무공을 익혔다고 해도 무린은 상단을 연 무인. 웬만한 은신은 죄다 잡아낸다.

그 증거로 주변에 은신한 철검대를 무린은 전부 느끼고 있었다. 그 위치까지 전부.

솜털이 곤두서는 기분, 경각심이 제대로 일어난 무린이다.

"누군데 감히 대모의 거처를 쥐새끼처럼 숨어드느냐."

"……."

중년인의 말에 무린은 대답하지 못했다.

지금 중년인을 파악하느라 바빴기 때문이다.

근데 파악까지 갈 필요도 없었다.

'느껴지지 않는다…….'

무인은 분명하다.

그런데 파악이 안 된다는 건 이 중년인의 무위가 무린보다 아득히 높은 곳에 있다는 걸 뜻했다.

허, 과연, 과연 남궁세가…….

이런 고수가 있을 줄 무린은 정말 꿈에도 생각 못했다.

'남궁유성도 이 정도는 아니었는데…….'

남궁유성의 경지는 느꼈다.

철대검의 무위도, 창천대검의 무위도 무린은 느낄 수 있었다. 형님인 중천의 무위도 마찬가지였다.

그런데 지금 눈앞의 중년 사내.

아무런 감조차 잡히지 않았다.

그때 중년인의 시선이 무린의 등에 매달린 철창으로 갔다.

"이립을 넘은 나이. 철창, 그리고 예까지 숨어들 수 있는 능력이라……. 내 요즘 강호를 떨쳐 울리는 별호 하나가 생각나네만."

"……."

직감이 아닌, 무린을 보고 판단한 정보로 결론을 도출해 내는 중년인.

그가 낸 결론이 답이었기에 무린은 이번에도 침묵했다.

"그렇군. 비천객이군."

확답을 내린다.

무린은 어쩔 수 없이 인정했다.

발뺌은 이제 와서 늦었다.

무린은 느끼고 있었다. 이 중년인이 마음만 먹는 순간 무린은 정말 손도 제대로 못 써보고 제압당할 것이란 사실을.

물론 반항은 하겠지만, 그 반항이 얼마 가지 못할 것이라는 것도 깨달았다. 그러니 솔직히 인정했다.

"그렇소."

빙긋.

중년인의 인상이 펴졌다.

"본가의 작은 주인을 구해주신 영웅이 맞구나."

"……."

작은 주인이란 중천을 뜻하는 단어.

그렇기 때문에 웃은 것일까?

하지만 그건 아니었다.

"반갑다, 연화의 자식아."

"……."

무린은 대답하지 않았다.

하지만 정말 깜짝 놀랐다.

"놀랐느냐."

"그렇소."

중년인의 얼굴이 무린의 대답에 살짝 찡그려졌다.

"존대를 써라. 내 연화의 숙부가 되는 사람이다."

"아……."

그 말에 무린은 탄식을 흘렸다. 어머니의 작은 아버지라면,
외할아버지의 동생이 된다. 무린에겐 완전 어른이었다.

꾸벅.

"진무린입니다."

"……."

무린의 인사에 중년인, 호연화의 숙부인 남궁무원(南宮武

原)은 잔잔한 미소를 머금었다.

"그래, 반갑구나. 허허, 찾아보려고 하다가 형님도 안 찾는데 내 먼저 갈 수 없어 기다렸더니, 이렇게 널 만나는구나."

"……."

무린은 아무런 말도 할 수 없었다. 그래서 그저 담담한 신색으로 남궁무원을 바라볼 뿐이었다.

"닮았구나. 역시 닮았어. 내 진백상을 한 번 본 적 있지. 진유원의 아들이라고는 생각할 수 없는 강직한 얼굴이었어. 심성도 마찬가지였고. 너는 정말 그를 닮았구나. 아, 눈은 연화를 닮았구나."

이 어둠 속에서도 남궁무원은 정확히 무린의 생김새를 알아봤다. 그건 어둠 따위는 그의 시야를 가릴 수 없다는 뜻.

새삼 경지가 대단해 보였다.

무린도 남궁무원의 얼굴을 알아보긴 하지만 뚜렷하게는 아니었다.

'그런데 외형이…….'

너무 젊다.

어머니의 나이도 적은 나이가 아니다.

그렇다면 중년인이 아닌, 노인으로 보여야 하는데 남궁무원은 이제 나이가 지명(知命)이라 부르는 쉰을 넘지 않아 보였다.

늙지 않은 게 아니라 늙지 못한 것이다.

가진 바 무력 때문에.

그 푸르른 창공처럼 끝없이 이어지는 내력 때문에.

그게 더욱 소름이 돋는 무린이었다.

"허허, 반갑다. 정말 반갑구나."

남궁무원은 거침없이 무린에게 다가왔다. 무린은 움찔했다. 피해야 하나? 말아야 하나. 그런 고민이 순간적으로 든 탓이다.

하지만 사실 피해도 소용없다.

남궁무원이 무린에게 무슨 짓을 하기로 마음먹었다면, 이 거리에서는 무조건 당한다. 남궁무원.

무린은 모르지만 그는 전대의 무왕(武王)이다.

당시 왕의 호칭은 남궁무원을 포함해 딱 둘이었다.

무왕과 검왕.

무왕이 남궁무원이고, 검왕이 호연화의 아버지, 즉 무린에게 외할아버지가 되는 사람이었다.

왕이란 단어를 단둘이 가졌을 만큼 그들은 강했다.

그 누구도 감히 왕의 호칭을 달지 못하게 했을 정도로. 그런 무왕 남궁무원이 움직인다면 무린이 피할 수 있는 방법은 딱 잘라 말해 전무(全無)다.

무린이 움찔거리는 걸 보았는지 남궁무원이 너털웃음을

흘렸다.

"걱정 말거라. 여기 온 네 마음을, 이미 네가 누군지를 알고 나서 깨달았다. 그래, 연화를 보러 왔느냐?"

그 말에 무린은 움직이는 걸 포기하고 대답했다.

"그렇습니다. 떠나기 전에 꼭 한 번 뵙기 위해 찾아왔습니다."

"이해한다. 생이별을 당했으니 그 그리움이 얼마나 컸겠느냐. 따라오너라."

"…네."

무린을 어깨를 툭 치고 다시 뒤돌아 걷기 시작하는 남궁무원. 무린은 후우, 하고 기대감 섞인 한숨을 뱉고 남궁무원의 뒤를 따랐다.

'정말 만나게 해주려는 것일까?'

물론 의심도 든다.

하지만 이미 들킨 이상, 무린이 할 수 있는 건 어디에도 없었다.

전각의 그림자에서 나오자 이미 철검대가 무린을 지켜보고 있었다.

남궁무원과의 대화로 모두가 알아차린 것이다.

그리고 바로 제압에 들어가려 했지만 무린의 앞에 있는 남궁무원이 먼저 나섰다는 걸 알고 개입을 포기하고 이렇게 기다리고 있던 것이다.

"저희가 처리하겠습니다."

철검조원 하나가 남궁무원에게 그리 말했다.

그러자 남궁무원의 걸음이 뚝 멎었다.

"처리?"

고개가 돌아가며 그 철검조원을 바라보는 남궁무원. 그 후 나온 말은 어이가 없다는 기색이 가득했다.

"아니, 그게……."

"자네 지금 처리라고 했나? 허, 허어. 세가의 은인을 처리 하겠다고? 자네 지금 제정신이 맞나?"

"죄, 죄송합니다!"

그 철검조원은 즉시 고개를 숙여 사죄를 했다. 그러나 이미 남궁무원은 손을 들어 올리고 있었다.

픽!

"컥!"

가볍게 휘두른 일장이 철검조원의 뺨을 강타, 저 멀리 날아 가 바닥을 구르는 철검조원이었다.

"철성이가 가르치지 않았더냐. 주둥이 한 번 잘못 놀리면 목숨이 떨어지는 곳이 강호라고. 만약 내가 본가의 사람이 아 니었다면 어쩔 뻔했느냐. 대체 어쩔 뻔했어!"

"크으, 죄송합니다. 무왕 어르신……."

"시끄럽다! 감히 세가의 은인을 해치겠다고 하다니! 저번에도 손님에게 그리 실수를 해 세가의 명예에 먹칠을 하더니 그걸로도 부족했던 것이냐!"

"죄송합니다!"

"꼴도 보기 싫다. 꺼져라!"

서릿발 같은 기세였다.

몰아치는 게 가히 폭풍에 가까웠다.

무린은 가타부타 말도 못하고 그저 멀뚱히 서 있었는데, 어쩐지 이유를 알 것 같기도 했다. 비키지 않는 철검대가 이유였다.

"허어, 내 비키라 하지 않았더냐?"

"죄송합니다. 하지만 여기는……."

"대모가 계신 곳이지. 내 조카가 갇힌 새장이지. 왜, 나도 못 들어가게 막을 생각이더냐?"

"하, 하지만……."

"허, 어이가 없구나."

그렇게 말한 남궁무원이 기세를 피워 올렸다.

그 즉시 철검대가 큭! 신음을 흘리며 뒤로 물러났다.

절정에서도 상위에 있는 무린조차 감히 측량이 불가능한 고수가 뿜어내는 기세다.

무린이 상대 가능한 철검대가 이걸 버틸 수 있을 리가 없다.

고오오…….

남궁무원의 장포가 펄럭이기 시작하자, 조용했던 공간이 울부짖기 시작했다. 비명이었다. 살려달라고 발악하는 것 같았다.

'엄청나군…….'

무린은 혀를 내둘렀다.

거기다가 등 뒤의 무린에게는 조금도 그 기세가 가지 않았다.

오직 전방으로만 쏟아지는 기의 폭풍이었다.

"비켜라. 내 검이 뽑히는 걸 보기 싫다면."

"컥, 커억……."

숨조차 못 쉬고 있었다.

무왕.

한 세대를 장악했던 무인이었다.

철검대가 흰자위를 보이며 쓰러지기 시작했다. 졸도하기 시작한 것이다.

그때 저 멀리서 검은 신형이 쭉쭉 다가왔다.

"아이고! 어르신 우리 애들 전부 죽일 참입니까!"

급박한 목소리를 내뱉는 그의 목소리는 어딘지 익숙한 목소리였다. 철대검. 강호대협이라 불리는 남궁철성이었다.

슥!

남궁무원이 뿜던 기세는 곧바로 씻은 듯이 사라졌다. 공간은 언제 비명을 질렀냐는 듯이 다시 조용해졌다.

"이놈아! 교육 똑바로 안 시키겠느냐!"

"알잖습니까! 이곳은 그 누구도 허락받지 않으면 출입이 불가능하다는 사실을요!"

　어느새 바로 앞까지 온 남궁철성이 앓는 소리를 했다. 그러나 남궁무원은 코웃음을 칠 뿐이었다.

　웃긴 건 마치 애처럼 남궁철성이 징징거리는데, 그 상대가 남궁무원이다 보니 하나도 어색하지 않다는 점이었다.

　애 취급을 하니, 애처럼 행동한다.

　무린은 피식 웃고 말았다.

　남궁무원이 꼬장꼬장한 목소리를 일부러 내어 말했다.

"허락? 내가 남궁가의 대지에서 허락을 받아야 받고 돌아다녀야 하느냐!"

"봐주십시오! 전대 가주님이 정한 법이잖습니까!"

"에잉, 시끄럽다!"

　남궁무원은 마치 괴팍한 노인네 같은 모습을 보여줬다. 아까와는 너무 다른 모습, 사람다운 모습이었다.

"그보다 대체 왜 이곳을… 어, 자네?"

　남궁철성은 말하다 무린을 발견했다. 그러더니 눈이 잠시 동그랗게 커졌다가, 아하! 하고 손바닥을 쳤다.

이미 알았을 테지만, 마치 지금 봤다는 표정과 말투다. 그 뜻을 무린은 어렵지 않게 짐작할 수 있었다.

남궁철성.

이 사내 또한 무린에게 호의적인 사람이었다.

그런 남궁철성이 눈빛을 찡긋거리고는 남궁무원에게 말했다.

"어떻게 이 친구를 만나셨습니까? 어르신이 먼저 찾아갔습니까?"

남궁철성이 물었다.

"흥! 설마 내가 먼저 갔겠느냐? 잠시 돌아다니는데 누가 고양이처럼 이쪽으로 접근하기에 가로막고 봤더니 이 녀석이더구나."

"하하! 이거 우연이군요. 그래서… 저 친구와 대모님을 만나게 해주실 생각이십니까?"

"……."

끄덕.

남궁무원은 무겁게 고개를 끄덕였다.

그 후 하아, 하는 한숨과 함께 말했다.

"어미와 생이별을 한 놈이다. 우리의 고집 때문에 말이다. 그래서 연화의 자식임을 알자 보여주고 싶었다. 물론 나도 남궁가의 사람이니 아예 만나게 해주지는 못하겠고, 그저 담장에서 연화의 모습이라도 보여주고 싶었다."

"음……."

남궁철성은 고민하는 것 같았다.

무린, 진무린.

그러나 남궁무린도 된다.

현 남궁가 대모의 아들이고, 비천객이란 별호로 강호를 떨쳐 울리는 자. 거기다 남궁세가의 은인이기도 하다.

"가주님께 알려지면 제 목이 날아갈 겁니다."

"내 책임지마."

"어르신 목도 날아갈 텐데요?"

"날려보라 해라."

장난기 있는 남궁철성의 말에 남궁무원은 가소롭다는 듯이 대답했다.

멀뚱멀뚱.

그때까지 무린은 그저 그런 상태였다.

알고는 있으나 모르는 척하는 것이다.

"일각입니다."

"이각."

"깁니다! 벌써 가주님께 전언이 가고 있을 겁니다!"

"그래서 어쩌라는 거냐. 그놈이 직접 와도 나는 못 잡아!"

"이 친구는 잡히겠죠."

"크응⋯⋯."

남궁철성이 이긴 것 같았다.

"좋다. 일각! 모두 물러라!"

"예! 자네, 그저 지켜보기만 해야 하네. 그 안으로 들어가면⋯ 목숨을 장담할 수 없으니 말이네."

"⋯⋯."

끄덕.

무언가 더 있구나.

그런 생각을 하는 무린이지만 겉으로는 얘기하지 않고 고개만 끄덕였다.

일각, 얘기를 나누지 못해도 그저 그 시간 동안 바라볼 수 있다면⋯⋯.

너무 감사하다.

"감사합니다⋯⋯."

무린은 정말, 정말 진심을 담아 예를 표했다.

그러자 남궁철성은 뒷머리를 긁었고, 남궁무원이 따뜻한 목소리로 대답했다.

"아니다. 어미를 가둬놓은 우리가 무슨 자격으로 그런 예를 받을 수 있겠느냐. 과례다. 너무 큰 과례니 어서 고개를 들어라."

"그래도⋯ 감사합니다."

"녀석……."

남궁무원의 눈빛이 따뜻해졌다.

마치 손자를 보는 눈빛.

아니, 엄밀히 따져 무린은 남궁무원의 손자가 맞다. 그러니 따뜻할 수밖에 없었다.

그에게는 중천이나 무린이나 같은 존재였던 것이다.

물론 중천은 태어났을 때부터 봐왔기에 더욱 친근하지만 반대로 무린은 볼 수 없던 사정이 있었기에 애틋하게 보였다.

"올라서거라."

"……."

남궁무원의 말에 무린은 말없이 신형을 위로 띄웠다. 담을 한 번 박차고 다시 한 번 솟구치는 무린.

십 장에 가까운 담벼락 위에 안착하는 순간, 살을 에는 살기가 느껴졌다.

'역시…….'

거대한 담 주변으로 철검대가 은신해 있고, 그 안으로는 또 다른 무인들이 은신해 있는 것 같았다.

남궁세가의 알려지지 않은 무력 부대인 것이다.

탁.

어느새 무린의 옆에 선 남궁무원이 서서, 잠시 전면을 응시하더니 말했다.

"연화대다. 오직 이곳, 연화원을 지키기 위해 조직된 단이지."

연화대, 그리고 연화원. 이름의 뜻을 굳이 생각해 보지 않아도 어머니의 이름을 본떴다는 것을 무린을 알 수 있었다.

무린은 전면을 응시했다.

이곳저곳을 빠르게 살폈다.

없었다.

어머니의 모습은 보이지 않았다.

"기다리거라."

남궁무원이 그렇게 말하고 담에서 훌쩍 뛰어내렸다.

예기가 순간 갑자기 흘렀지만, '갈! 감히 어디다 기운을 쏟아내느냐!' 하는 남궁무원의 외침에 순식간에 조용해졌다.

이들이 아무리 어머니만을 지키기 위한 존재들이라고 해도 남궁무원을 막을 수는 없는 노릇이었다.

감히 전대의 무왕에게 대든다는 것은 결례를 넘어 죽을 짓인 탓이다.

저 멀리, 전각이 하나 보였는데 남궁무원은 그쪽으로 걸어갔다.

미끄러지듯이 걸어가, 전각의 입구에 서자 시비로 보이는 젊은 여성이 나왔다.

그리고 잠시 말을 주고받더니, 시녀는 안으로 들어갔고, 다시 잠시 후, 중년의 미부인이 나왔다.

"……."

무린의 신형이 흔들렸다.

멀다.

얼굴은 보이지도 않았다.

그러나 무린은 남궁무원의 앞에 서 있는 미부인이 누군지 알 것 같았다. 아니, 알 수 있었다.

"아아……."

탁한 신음이 흘렀다.

목이 턱 막힌 듯이 갈라지는, 그런 신음이었다.

한 발자국 신형이 앞으로 나서려는 순간, 다시 연화대가 무린에게 압박을 가했다. 무시할까? 자신 있다.

연화대 따위… 무시하고 어머니를 모실 자신이 있다. 하지만 연화대에, 철검대. 이렇게 되면 부족해진다.

비천대를 전부 끌고 왔다면 또 모르지만… 아쉽게도 비천대도 현재 소천전 근처에 있다.

그리고 가장 큰 문제는 남궁무원이었다.

그는 딱 여기까지만 허락했다.

가슴은 날뛰지만, 머리는 차갑게 식어갔다.

원하지도 않았건만 머리는 철저하게 상황을 계산하고 있었다.

북방에서부터 길러온 상황 분석이다.

죽을 자리에서는 발을 빼야 산다.

무린은 알았다.

지금 뛰어내리는 순간… 어머니를 볼 수 있을지언정, 목숨은 장담하기 힘들다는 것을, 뒤의 철검대나 앞의 연화대는 그만큼 진심이었다.

위협으로 살기를 뿜어내는 게 아닌, 한 발자국이라도 움직이면 진심으로 죽이겠다 말하고 있었다.

묻지 않아도 알 수 있었다.

무린은 이런 살기를 수도 없이 겪었으니까.

휙.

미부인의 신형이 살짝 도는 걸 무린은 보았다.

정확히…….

무린이 서 있는 담 위였다.

남궁무원이 말했는지, 아니면 주변의 연화대가 내뿜는 살기가 몰린 곳을 감지한 것인지, 정확하게 미부인은 무린에게 시선을 고정했다.

"……."

당장에 내려가고 싶었다.

지금 당장…….

하지만 이성은 차갑게 식었다.

지금 움직이면… 죽는다.

꾸욱!

우드득!

무린의 주먹이 쥐어지며 뼈가 비틀리는 소리를 냈다. 입술이 터지며 비릿한 피 맛이 혀끝으로 느껴졌다.

'여기까지……. 여기까지다.'

더 이상 어머니를 보고 서 있는 게 힘든 무린이었다.

그러니 물러난다.

"꼭……."

다만, 이 약속은 하고 가는 무린이다.

"모시러 오겠습니다……."

휙.

그 말을 끝으로 무린의 신형이 뒤로 날았다.

중력의 법칙에 따라 신형이 떨어지면서 연화원의 모습은 사라지고 담벼락이 무린의 망막에 자리 잡았다.

"……."

빌어먹을…….

화가 난다.

어머니를 보고도 모실 수 없는 현실에, 아직도 그런 무력을 가지지 못한 자신에게 화가 나는 무린이었다.

"잘 참았네."

남궁철성이 다가와 말했다.

잘 참았다고?

순간 열불이 일어나는 무린이었지만 그걸 터뜨리는 바보 짓은 하지 않았다. 대신, 신형을 돌렸다.

돌아간다.

다음에 이곳에 올 땐… 모조리 쓸어버릴 무력을 갖추고 오겠다고 다짐하며 되돌아가는 무린이다.

그 등은… 한없이 처량해 보였다.

*　　　*　　　*

"……"

"……"

남궁무원과 미부인은 대면하고 나서 한마디도 나누지 않았다.

미부인의 시선이 연화원의 담에 고정되어 있던 탓이다.

침착하기만 하다.

남궁무원은 자신의 조카의 성정을 알고 있었기에 예상은 했지만 실제로 보게 되니, 허어 하는 신음을 속으로 흘렸다.

생이별을 한 모자지간이, 비록 거리를 두고 어둠 속에서 재회했다지만 이다지도 자신의 조카는 담담한 모습을 보이고 있었다.

스으윽.

한줄기 호선이 너무나 매끄럽게 미부인의 입가에 자리 잡았다.

호연화.

무린과 혜, 월이의 어머니인 그녀는 너무나 침착하고 담담한 눈으로 담장 위에 서 있는 무린을 보고 있었다.

"듬직하게 자랐더구나."

"……."

험험, 하고 남궁무원이 말하자 호연화는 그저 말없이 웃음을 지었다. 자랑스러움이 가득한 미소였다.

그때 호연화의 눈동자가 살짝 커졌다.

남궁무원의 시선도 담장 위로 향했다.

하지만 이미 담 위에 서 있던 무린은 없었다.

"허, 허허."

"……."

부드러운 미소.

대견한 미소.

호연화는 들었다.

자식의 다짐을, 약속을.

"그래, 이 어미는 언제까지고 이곳에서 기다리고 있으마."

호연화가 그 다짐과 약속을 받았다.

올라가는 시선.

검은 하늘에 점점이 박혀 있는 별이 보인다.

몇 년 만이었더라?

무린을 보내고, 거의… 이십 년 만이었나?

얼굴도 기억이 안 난다.

앳되던 얼굴과 신장도 그리 크지 않았었는데, 어느새 세월이 흘러 헌앙한 장부가 되어서 돌아왔다.

호연화는 그게 너무 자랑스러웠다.

걱정은 밤마다 매일, 밥 먹듯이 했지만 그래도 자신의 피를 이었기에 반드시 돌아올 것이라 여겼다.

운명을 예견한 건 아니다.

다만 느꼈다.

자식의 인생 팔자도 나만큼 힘들 것이라고.

자신을 옭아매고 있는 사슬을 언젠가 자식이 끊어줄 것이라고. 그래서 강하게 키웠다. 지켜보기만 했다.

그래야 현재를 끊고, 미래를 함께할 수 있을 거라 생각했다.

알까? 이해해 줄까? 해줄 것 같았다.

왜?

그런 아들이니까.

"잘 커주었구나, 무린아……."

그러나 말과는 다르게 그게 너무나 미안했다.

또르르.

어느샌가 맺혀 떨어지는 눈물을 호연화는 의식도 하지 못
했다.

두 모자의 짧은 만남은 결국 서로에게 아련함만 주고 끝이
났다.

언젠가 다시 만나 저 아이를 안았을 때, 그때는 아마 펑펑
울 것 같다는 예감만 들었다.

第六十四章

재정비(再整備)

귀환병사

무린은 어머니를 만나고 온 이후, 며칠을 침묵했다. 자신의
거처에 틀어박혀 조금도 움직이지 않았다.

후우, 후우… 하는 기색만 거처 안을 맴돌았다.

무린을 찾았던 혜도, 려도… 그런 상태를 보고는 말없이 다
시 문을 닫고 나갔다.

지금 무린은 다스리고 있었다.

앞으로 벌어진 일에 대비해 마음을 최대한 진정시키고 있
는 것이다.

"대주, 준비 다 끝났습니다."

번쩍.

기광이 흘렀다.

자리에서 일어나 무린은 곧바로 창을 잡았다.

밖으로 나오니 소천전 앞을 가득 매운 비천대가 보였다. 관평, 장팔은 물론 백면, 제종, 마예, 윤복과 태산은 물론 갈충까지 보였다.

부조장을 맡고 있는 육금, 김연호도, 곡부와 추성에서 사냥꾼으로 있던 쌍둥이 왕산, 왕각 형제도 있었다.

비천대는 이미 새하얀 백의를 입고 어제 도착해 있었다. 다만 무린이 이륜을 돌리며 마음을 다스리는 데 하루의 시간이 걸렸다.

무린이 나오자 제각기 얘기하던 비천대가 곧바로 입을 닫고, 무린을 지그시 바라봤다.

"......"

무린은 가만히 그들을 바라봤다.

"......"

비천대도 침묵했다.

무린은 무슨 말을 할까, 고민했다. 멋들어진 말을 생각하는 게 아니다. 상황에 맞는 말을 찾고 있었다.

이윽고 열리는 입.

"연석이 죽었다."

"……."

비천대의 얼굴이 경직됐다.

연석은 비천 오조로, 김연호와 비슷하게 가장 어린 귀병이었다.

"목이 없더군."

으득!

이 갈리는 소리가 들렸다.

연경.

비천 일조에 소속된 연석의 형이었다. 여자같이 곱상한 이름처럼 외모도 곱상했지만, 누구보다 날카로운 비도를 날리던 녀석이다.

동생의 죽음에 가장 분노하는 건 당연히 그였다.

"육원도 죽었고, 광괴도 죽었다. 석경산, 석추일도 죽었고, 장일추도 죽었다. 배명산, 비완, 육일겸, 감원도 죽었다."

고오오.

비천대의 분노가 스멀스멀 피워 올리기 시작했다.

"모두 형님을 구하기 위해 내린 내 결단 때문에 죽었다."

맞는 소리다.

무린이 중천을 구하기 위해 출진하지 않았다면, 이들이 죽는 일은 없었을 것이다. 그래서 무린은 책임을 회피하지 않았다.

"내 탓이다."

구질구질한 변명일 수도 있다. 하지만 무린은 굳이 짚고 넘어갔다.

비천대 전원이 눈을 빛내고, 거센 군기를 피우며 무린을 바라보고 있었다.

주변 사위가 숨이 멎은 듯이, 그 누구도 말을 꺼내지 않았다.

"복수를 하겠다. 목표는 비인 그리고 혈사대다."

명백한 적을 인식시킨다.

"따르겠는가?"

"……."

무린의 그 말에 피식 웃은 마예와 제종이 한목소리로 답했다.

"당연한 말을……."

지독한 패도가 순간 일어났다.

모든 것을 불태울 지옥의 겁화다.

"연석은 내가 패검을 가르쳤지. 혈사대였소?"

"그래."

"후후, 후후후."

불길한 웃음이다.

당연히 그럴 수밖에 없었다. 분노를 가득 담은 웃음이니 말이다.

구주 전체를 상대 가능한 세력에 속한 백면이다.

그곳에서도 수위에 드는 무력 부대의 부대주로 있던 백면
이다.

"모두 나와 뜻이 같은 걸로 알겠다."

무린은 더 이상 말하지 않았다.

기마 위에 올라탈 뿐.

무린이 기마에 올라타자 비천대 전원이 말에 올라탔다.

중앙의 마차를 중심으로 방진을 짜고 선두의 무린이 나아
가자 비천대가 조용히 출발하기 시작했다.

가는 길목에 있던 모두가 비켜섰다.

질서정연하게, 거기다가 군기를 바짝 피워 올린 비천대의
위용에 질린 것이다.

하지만 그 앞을 막는 노검객 한 명.

남궁유청이었다.

"가시는가?"

"그렇소."

"어디로 가시는가?"

"요녕 땅으로 가오."

"요녕, 요녕이라……."

남궁유청은 고개를 끄덕이며 요녕이란 말을 되뇌었다.

무린은 그 이유를 알 수 있었다. 혈사대는 지금 요녕으로 향하고 있었다.

운삼이 준 정보는 확실할 터.

비인, 군벌과 모용세가의 균형을 깨기 위해 올라가는 것이다.

그래서 무린은 지금 그 뒤를 따라 올라가 복수의 칼날을 던질 생각인 거고.

"같이 가도 되겠나?"

"힘든 여정이 될 것이오."

"허허, 허허허."

웃는 남궁유청이었다.

그 후 청수한 인상이 순식간에 스산한 인상으로 변했다.

"내가 창천유검이라네."

"……."

뭔 말이 필요할까.

"말은? 좋은 놈 아니면 쫓아오기 힘들 것이오."

"내 천리정완마 하나를 구해놓았지."

천리정완마라…….

삼국시대 장군 왕쌍이 사용했다던 명마의 이름이다. 물론 그놈일 리는 없고, 그 순혈을 타고난 말일 것이다.

그렇다면 충분하다.

잠시 후 남궁유청이 비천대에 합류했다.

딸을 잃은 복수.

남궁유청에게도 이미 충분한 명분이 있었고, 그 복수를 위해 직접 혈사대를 찾아 나선다.

물론 누구도 그런 남궁유청을 욕하지 못했다. 잡지도 못했다.

너무 어른이었고, 너무 고강한 검수였기 때문이다.

무린이 개천문을 지나 합비성 북문을 나섰다.

드넓게 펼쳐진 대지.

이랴!

전원이 다 통과하자 무린은 말고삐를 잡아당기며 다리를 조였다.

히히힝! 하는 무린의 말이 힘찬 울음소리를 내더니 내달리기 시작했다.

두드.

두드드.

두드드드드드!

평온하던 대지의 정적을 깨고, 울부짖게 만들었다.

하아!

이랴아!

빠르다.

가히 빛살처럼…….

무린은 순식간에 합비성에서 멀어졌다.

목적지는 태산현.

재정비를 위해 반드시 들러야 할 곳이었다.

*   *   *

태산까지는 정말 금방 도착했다.

진무관은 썰렁하게 비어 있었다. 장백과 장희는 물론 그의
모친도 없었다.

문인이 데리고 제갈세가로 들어간 것이다.

정마대전이 벌어지면서 제갈세가의 수뇌부가 직접 문인을
모셨다.

당연한 일이다. 문야라는 이름은 결코 가볍지 않다.

웬만한 강호명숙 중에서도 가장 존경받는 이름이다. 그런
문야를 혼자 두는 건 있을 수 없는 일이다.

진무관에 있겠다던 혜와 월을 려와 무린이 설득해 제갈세
가로 들여보냈다. 이를 앙 다문 혜는 분한 표정이었다.

왜, 무엇이 분한지는 무린도 잘 알고 있었다. 아무런 힘도
되어주지 못한다는 현실이, 그게 분한 것이다.

"걱정 마라. 무사히 돌아오겠다고 약속하지 않았느냐."

"……."

다물린 려의 입은 펴질 생각을 안했다.

녀석 하고 머리를 쓰다듬어준 무린은 바로 등을 돌렸다. 그리고는 바로 문인을 찾아갔다.

무사의 안내로 문인의 거처를 찾아가니, 이미 문인은 전각 앞에서 기다리고 있었다.

"제자 무린, 다녀왔습니다."

"녀석, 다녀온 게 아니라 잠시 들른 게 아니냐. 허허."

"……."

문인의 말에 무린은 대답하지 못하고 그저 멋쩍은 웃음을 흘렸다. 문인의 말이 사실이었기 때문이다.

"들어가자."

"예."

문인을 따라 들어간 무린은 자리에 앉고, 시비가 차를 내오기 전까지 아무런 말도 하지 않았다.

문인도 물론 가만히 기다렸다.

"괜찮으냐."

"……."

무린은 대답하지 못했지만, 울컥하는 걸 느꼈다. 간단한 그 한마디가 자신의 가슴을 자극하는 걸 느꼈기 때문이다.

스승.

스승이 제자를 걱정하는 당연한 마음인데, 이상하게 그게 따뜻하게 느껴지는 무린이었다.

"눈빛이 탁하다. 어찌 된 일이냐."

무린의 눈동자를 들여다 본 문인의 한마디였다.

역시 금방 알아차렸다.

과연 그 깊이가 다르긴 달랐다.

"혼심독에 당했습니다."

"혼심, 혼심독이라…… 허어, 혼심독주가 탄생했나 보구나."

"……."

대답하지 않았다.

굳이 대답 안 해도 될 물음이었기 때문이다.

"불가해의 무공이라 불리는데… 이거 참, 지금은 어떠냐. 마음이 많이 흔들리고 있느냐?"

"시시때때로 불쑥 마음이 변하는 걸 느낍니다. 그래도 처음보다는 많이 나아졌습니다. 처음은 아예 못 느꼈었는데, 지금은 혼심의 발작으로 마음이 변하는 걸 자각은 할 수 있습니다."

"음……. 네가 가진 이륜공의 공능인가 보구나."

"그렇게 생각하고 있습니다."

무인은 무린의 대답을 듣고 생각에 잠겼다. 근심이 가득한 얼굴이었다.

어쩌면 마지막이 될 제자가 불가해의 무공에 당했다.

그것도 전설이라 불리는 무공들 중 한 갈래를 잇고 있는 혼심독이다.

많은 것을 알고 있는 무인이다.

이게 얼마나 위험한지는 무인이 가장 잘 알고 있었다.

"중천검왕을 구할 때 분명히 피를 보았을 것이다."

"예."

"그때는?"

"……."

이번에도 대답하지 않았다.

혼심의 발작을 무시하고, 그걸 받아들여 오히려 살심을 가득 키웠기 때문이다. 이용이라면 이용인데, 결코 좋은 방법은 아니었다.

그렇기 때문에 대답을 하지 못했다.

하지만 문인은 고개를 끄덕였다.

마치 알겠다는 표정과 함께, 그 후 다시 입을 여는 문인.

"느꼈구나. 하지만 무시했어. 혼심을 그대로 받아들였어. 내 말이 맞느냐."

"…예."

어렵게 무린은 대답했다.

사람을 죽이는 데, 혼심을 이용했다는 것. 자신의 분노를 불태우기 위해 위험하기 그지없는 혼심을 그대로 무시했다는 것.

혼날 짓이다.

"무린아, 잘 듣거라."

"예."

문인의 목소리가 낮고, 엄해졌다.

무린은 자세를 급히 바로 했다.

"혼심은 불가해의 무공이다. 전설이라고도 불린다. 왜 그런지는 들었을 것이다."

"예……."

그 누구도 파해하지 못했다.

혼심독에서 벗어나지 못했다.

지금껏 혼심에 당했던 사람들은 지독한 저주에 이리저리 흔들리다 폭주, 종국에는 스스로 자멸했다.

대신 그만큼 혼심독주의 탄생은 적었다.

만독문의 시작부터 지금까지 수백 년 동안 혼심독주는 단 세 번밖에 탄생하지 않았다. 그만큼 난해한 무공이고, 공부였다.

그렇기 때문에 전설이라 불리는 것이고.

"절대, 앞으로는 절대 무시해서는 안 된다. 익숙해진다는 것만큼 무서운 일도 없다. 전쟁터에서 살아온 너도 그것을 잘 알지 않느냐."

"…예."

맞다.

익숙해진다는 것.

어떻게 보면 좋은 의미지만, 상황에 따라 정반대로 변할 수 있다.

예를 하나 들자면… 살인.

살인은 어떻게 봐도 좋은 일이 아니다.

타인의 생명을 끊는다는 행위.

그 자체로 용서받을 수 없는 행위다.

물론 이 시대는 그 자체가 빈번히 일어나지만, 애당초에 해서는 안 될 행위 중 하나다. 그런 살인에 익숙해지면……?

죽이고, 죽이고, 또 죽여도 죄악감을 느낄 수 없게 된다.

무감각해진다는 소리다.

그렇게 살인마가 탄생한다.

반대로 공부 같은 것들은 익숙해져도 상관이 없다.

배움이니까.

하지만 무린은 누가 봐도 안 좋은 쪽으로 적응하고 있었다.

"명심해야 해. 혼심독은 무서운 무공이다. 지독한 저주이지. 어쩌면 네 평생을 따라다닐 족쇄가 될 수도 있다. 살인에 익숙해지고, 타인을 짓밟는 행위에 익숙해지고, 남을 모욕하고, 남을 저주하고, 남을 학대하는 것에 익숙해질 수 있다."

"……."

헛소리라고?

아니다.

이건 무린에게는 언젠가 올지도 모르는 현실의 미래다.

"내 말이 틀리다 생각하느냐?"

"아닙니다."

무린은 바로 고개를 저으며 대답했다.

문인의 말이 맞다.

너무 확실하게 맞아 변명이나 반론의 여지조차 없다. 기분이 상한다? 그럴 리가.

스승님이 해주는 말씀이다.

지금 무린은 정상.

그래서 문인의 말 하나하나를 뼈에, 심장에, 마음에 각인시키고 있었다. 문인의 말이 이어진다.

"다 잡거라."

"예."

"반드시 마음을 다 잡고 생각하거라."

"예, 알겠습니다."

"……."

문인은 무린의 눈을 보았다.

의지가 떠오른 눈빛이다.

평소처럼 침착하게 빛나는 눈빛이었다.

그런 눈빛 때문일까, 문인의 얼굴도 한결 풀어졌다.

하지만 그래도 걱정되는 마음에 휴우 하고 한숨이 나오는 건 참지 못했다.

문인이 다시 물었다.

"어디로 갈 생각이냐. 이곳을 들른 것을 보니 북쪽으로 향할 생각이냐."

"예, 요녕으로 갈 생각입니다."

"요녕이라……. 모용세가와 대치 중인 비인과 군벌, 그리고 그들을 도우러 가는 혈사대가 목표인가 보구나."

"예, 정확히는 혈사대, 그리고 비인입니다."

"음……."

낮은 신음을 흘리는 문인.

제자가 피비린내가 진동할 전장으로 떠나겠다고 한다. 이유가 궁금해진 문인이다.

"왜냐. 왜 참전했느냐."

"처음엔… 형님을 구할 생각으로 개입했습니다. 근데 그 과정에서… 저 하나를 믿고 모인 비천대 열 명이 죽었습니다."

"……."

문인도 안다.

비천대의 존재를.

오직 북방에서 무린에게 받은 은혜를 갚기 위해 모인 의인 집단이라 해도 과언이 아닌 존재들이다.

그런 존재들이 헛되게 죽었다.

무린이 그렇게 생각하고 있다는 걸 문인은 눈치챘다.

"또한… 호원 소협이 비인의 살객에게 목숨을 잃었습니다."

"…이런."

문인은 탄식했다.

무린이 남궁세가에 왜 갔나.

바로 호원 소협과 이제 문인도 손녀처럼 생각하는 무월이의 혼인을 위해서였다.

물론 그 안에 여러 가지 이유가 더 있고, 대부분 문인도 알고 있지만 대외적인 가장 큰 이유는 바로 둘의 혼인 때문이다.

그런데 예상치 못하게 터진 정마대전에 호원이 죽었다.

"무월이는… 무월이는 괜찮은 것이냐."

"힘들어… 합니다."

무린의 말은 사실이었다.

아예 실의에 빠진 것은 아니었다. 하지만 오는 내내 무린은 봤다.

억지로, 겨우 억지로 괜찮은 '척', 스스로를 포장하고 있는 무월의 모습을.

"허어, 그 어린 것이 얼마나 힘들꼬⋯⋯."

문인은 안다.

무월은 강하다.

하지만⋯ 연인을 잃고 나면 세상 그 누구도 강할 수 없다. 슬픔과 비탄이 순식간에 그 대상을 잠식한다.

문인도 느꼈다.

사랑하던 부인을 보냈을 때, 하나밖에 없는 자식과 며느리를 보냈을 때, 그때 문인도 똑똑히 느꼈다. 세상이 무너지는 감각 그 이상이다.

사람마다 다르지만 문인조차 그 범주를 벗어나지 못했다.

그런데 무월은⋯⋯.

"그래서⋯ 복수해 주기로 했습니다. 제가 해줄 수 있는 건 그것뿐이라 생각했습니다. 오라비로써 해줄 수 있는 게⋯⋯."

무린은 주먹을 꽉 쥐었다.

동시에 이도 악물렸다.

혼인도 못 시켜줬다.

매제를 지켜주지도 못했다.

엄연히 따져 본다면 그건 중천 탓이지만, 결국은 그게 그거다. 왜? 무린이 구하러 출진했었으니까.

빨랐다면?

그래도 늦었을 수 있다.

그러나 무린은 그런 생각을 떨칠 수 없었다.

"강호는……."

"……."

문인이 말한다.

"비정하다."

"……."

비정강호?

그거야 무린은 이미 처절하게 느끼고 있었다.

"하지만 무린이 너에게는… 유난히도 지독하게 비정하구나."

"……."

그 말에 무린의 입가에 씁쓰레한 미소가 저절로 피어났다. 그 미소를 안 지을 수가 없었다.

너무나 가슴에 와 닿는 말이었기 때문이다.

"백여 년간의 평화는 지금을 위해서였단 말인가……."

"……."

"난세는 영웅을 탄생시킨다. 그 옛날 삼국의 조조나 유비, 제갈량이나 사마의의 존재가 그랬듯이."

"……."

"그리고 그 영웅들은 전부 모진 시련들을 겪었지."

조용히 경청한다.

"지금 또한 난세다. 그래서 네가……."

"……."

뒷말이 예상이 갔다.

미소가 더욱 씁쓸해졌다.

동시에 드는 생각.

'나는 영웅인가?'

무린의 고개가 저어진다.

자신은 그런 존재가 아니다.

이기적이다.

오직 나, 내 주변의 사람들을 위해 움직일 뿐이다. 강호를 걱정해서가 아니다. 그건 분명히 말할 수 있다.

"너는… 강해져야 한다. 시대가 원한 만큼, 앞으로의 길도 결코 평탄한 길은 아닐 것이다. 그러니 강해지거라. 그 어떤 시련에도 견딜 수 있게 스스로를 단련하거라. 그래서 거목이 되거라."

"……."

"그래야… 네 주변을 지킬 수 있을 것이다."

"……"

마치 예언처럼 영혼에 각인되는 문인의 말.

문인은 쏠쏠하게 웃었다.

"너를 만난 게 우연만은, 결코 인연만은 아니었던 모양이다. 허허, 하늘이 보내준 거겠지. 너를 강하게 만들어주라고."

"……"

"하나, 지금은 시간이 없구나……. 이럴 줄 알았으면 내 너를 좀 더 단단하게 다듬어줬을 터인데……. 그게 너무 아쉽구나."

탄식이다.

한탄이었다.

자책이었고, 후회였다.

여태 침묵하던 무린이 입을 열었다.

"아닙니다, 스승님. 스승님의 주신 은혜… 너무 커서 지금도 감당이 안 될 지경입니다. 그런 말씀 말아주십시오."

고개를 깊게 숙이며 그렇게 말하니, 문인은 그저 허허 웃었다.

진심이라 통했을까?

통했다.

따스해지는 문인의 얼굴을 보면 말이다.

"선덕제 폐하께서 영단을 보냈더구나. 내 여기 있던 비천대 전원에게 나누어주었다. 내가공부를 모르는 이들에게는 내 적당히 알고 있던 것을 알려주었다. 제갈세가의 것도 아니니 문제될 것도 없을 것이야."

"……."

"강해졌다. 어디 가서 쉽게 밀리지 않을 것이다."

뜬금없는 소리.

하지만 무린은 알았다.

이게 대화의 마지막이라는 사실을.

"이건 남은 영단 오십 개다. 네가 데리고 갔던 이들에게 주면 될 것이다."

"예……."

문인이 목함을 내밀었다.

정교하게, 용이 새겨진 목함은 그 자체로 가치가 있어 보였다. 살짝 여니 약향이 금세 목함을 빠져나왔다.

다시 닫는 무린.

"비천대는 내게 힘이 되어줄 것이다. 하지만 그들을 운용하는 건 너다. 항상 고민하고, 최선에 최선을 선택해야 하는 것은 너임을 잊지 말거라."

"알겠습니다. 제자, 꼭 명심하겠습니다."

알고 있었다.

비천대와 만났을 때, 이미 변해 버린 그들의 기도를 보고 바로 느꼈다. 묻지 않아도 이유를 알 수 있었다.

비천대는 강해졌다.

누가 봐도 절대 무시 못 할 정도로.

또한 강한 그들을 지휘하는 건, 이끄는 건 무린 자신이다. 그 누구도 무린을 대체할 수는 없다.

이런 사실을 무린은 정확히 상기하고 있었다.

그리고 이렇게 비천대를 강하게 해준 선덕제에게 무린은 감사를 느꼈다.

뒤늦게나마 약속을 지켰으니 말이다.

문인이 다시 말했다.

"무혜와 무월이는 걱정 말아라. 내가 잘 보살피마."

"감사… 합니다."

가장 걱정스럽던 부분이었는데, 문인이 직접 알아서 해주겠다고 하니 이것도 너무 감사함을 느꼈다.

문인이 손을 휘저으며 다시 말했다.

"가보거라, 몸조심하고."

"예, 제자, 다녀오겠습니다."

무린은 일어나 깊게, 깊게 예를 표했다.

제자가 스승에게 표할 수 있는 가장 큰 예를.

이윽고 일어나 나가는 무린.

등 뒤로, 후우… 하는 한숨 소리가 들려 잠시 멈칫했지만,
이를 질끈 물고 무린은 밖으로 나갔다.

"……."

문인과의 대화.

무린은 절대 잊지 않으리라고 하늘을 보며 다짐했다.

                    *   *   *

문인과 대화를 끝낸 무린은 바로 제갈세가를 떠나 태산현
으로 들어갔다.

굳이 이곳을 찾은 이유, 철창 때문이었다.

이미 이가 나갈 데로 나간 철창을 들고 이번 복수행을 치룰
수는 없다. 그래서 막야를 찾아가는 것이다.

땅땅!

소리가 경쾌하다.

"어, 오셨습니까."

"건강하셨습니까."

비슷한 나이지만 서로 존대를 하는 사이였다. 한두 번 술잔
을 기울이기는 했지만 말을 놓을 정도로 친해지지는 못했다.

"혹시 창이 있습니까?"

"창이요?"

"네, 이거… 날이 많이 상했습니다."

무린은 그렇게 말하며 철창을 내밀었다.

그 창을 받아 신중한 눈으로 훑는 막야.

"이런, 이거 고치기는 힘들겠습니다. 강하게 단조한 놈이라 이렇게 되려면 기병과 부딪쳐야 하는데……."

"맞습니다."

무린은 금방 알아보는 막야의 말을 수긍했다. 그러자 역시 고개를 끄덕이는 막야.

"잠시 기다리십시오."

막야는 철창을 내려놓고 안으로 들어갔다. 그리고 반각이 지나기 전에 다시 나왔다. 나오는 그의 손엔 예의 검은색 철창이 한 자루 들려 있었다.

"마침 좋은 철이 들어왔기에 만들어 둔 놈입니다."

"……."

무린은 창을 쓴다.

당연히 좋은 창은 한눈에 알아본다.

칠 척이 넘는 창신에, 은백색 날이 요요히 빛나고 있었다.

떵…….

창을 받아든 무린은 날을 튕겨봤다. 맑고 청아한 소리가 울렸다.

한눈에 봐도 잘 만들어진 창이었다.

"백련정강의 철로 만들었으니, 웬만한 기병에는 이가 나가는 일은 없을 겁니다."

"이거… 정말 좋군요."

무린은 이 창이 마음에 들었다.

손에 딱 쥐어지는 넓이는 물론 길이도 딱이었다.

막야는 웃었다.

장인이 자신의 작품을 인정받는 것보다 기쁜 일은 없다. 거기다가 무린은 호왕의 난 때 생명을 구해준 은인.

은인이 알아준다는 것은 기분 좋은 일이고, 은인에게 도움이 된다는 것은 더욱 가슴 뛰는 일이다.

"아, 비천대의 갑주도 만들어주셨다고 들었습니다. 돌아오는 날… 사례하겠습니다."

"하하, 벌써 돈은 다 받았는걸요. 그러실 필요 없습니다."

비천대는 새하얀 백의 안에, 역시 새하얀 빛이 감도는 갑주는 입었다.

무린도 하얀 무복 안에 갑주를 입고 있었다.

마예와 제종이 나서 갑주를 제작 의뢰한 것이다. 그리고 그 전부를 막야가 제조했다.

실력은 당연히 으뜸.

웬만한 병장기는 상처도 못 낼 것이다.

백탄으로 녹여 백 번을 두들긴 철은 그 노고와 시간에 걸맞게 굉장히 단단해진다.

검으로 만들어도 가볍고, 단단하다.

그걸 통째로 갑옷으로 만든 것이다.

물론, 움직이기 편하게 상반신, 어깨, 팔뚝, 허벅지, 종아리까지 부분 부분 이어 맞췄지만 그게 어딘가.

화살도 박히지 않는 이 갑주를 북방에서 얻었다면 생존 확률은 정말 극대화됐을 것이다.

물론, 지금도 마찬가지다.

웬만한 혈사대의 창칼은 물론, 비인의 실수도 무시하고 도륙할 수 있을 것이다.

"감사합니다."

"아닙니다."

무린의 인사에, 막야는 담담한 웃음으로 그걸 받아들였다. 받지 않으면 계속할 거란 무린의 성격을 파악해서였다.

"그럼."

"……."

바로 등을 돌려 말에 올라타는 무린을 막야는 가만히 쳐다봤다. 무린은 뒤도 돌아보지 않고 떠났다.

"가셨나요?"

"그래요."

아이를 보에 감싸 안은 여인이 뒷문을 통해 나오며 물었다.

막야의 부인이었다. 그녀도 무린에게 감사를 느끼고 있었다.

아이와 가족을 지켜준 사람이니까.

걱정은 당연한 마음이다.

"무사히 돌아오셔야 할 텐데……."

뒷말을 흐리자 막야는 웃으며 그 뒷말을 받았다.

"꼭 그리하실 거예요. 저분은 강하니까요."

막야는 무린의 등이 참으로 넓다 느꼈다. 많은 것을 짊어지고 그걸 지탱하는 자의 등이란 것도 알고 있었다.

하지만 그렇기 때문에 너무 무거운 등이었다.

그러나 뒷말은 뺀다.

불경스러운 말을 담으면 좋지 않다는 걸 잘 알기 때문이다.

"자자, 부인. 뜨겁습니다. 얼른 들어가세요."

"네네, 그보다 오늘은 고기를 좀 사다주세요."

"고기요?"

싱긋 웃는 부인.

막야는 살짝 부른 그녀의 배를 쳐다보다 미소를 짓는다.

"그럴게요."

순한 미소와 함께 막야가 고개를 끄덕였다.

땅!

땅땅!

막야의 손에 들린 망치가 다시 춤을 췄다.

그날 저녁, 비천 오조는 영단을 복용했다.

문인에게 받은 심법도 익혔다.

무늬만 일류였던 귀병들이 진짜 일류로 거듭났다.

그리고 동이 터오는 아침, 완벽해진 비천대가 태산을 떠나,
북으로, 북으로 진격했다.

第六十五章 하북팽가(河北彭家)

비천대의 진격 속도는 빨랐다.

말도 저 멀리 사막에서, 땡볕에서 자란 놈들이라 체력도 아주 좋았고, 체력이 회복되는 속도도 매우 빨랐다.

그렇게 해서 벌써…….

"대주, 조금만 더 가면 수중입니다."

어디서 어떻게 구한 건지 관평이 군사 지도를 펼쳤다가 다시 접어 품에 넣으며 말했다.

"수중이라……. 요녕성에 들어섰군."

"그렇습니다."

밤이 되자 수중의 근처 숲에 도착한 비천대였다. 수중은 산해관을 통과해 요녕성으로 들어서면 해안가 쪽에 있는 첫 번째 현이다.

태산현보다는 크지 않지만 그래도 예전에 무린이 살던 무명촌에 비하면 수배는 큰 현이었다.

"운삼에게 온 정보는?"

"지금 확인해 보겠습니다."

관평이 품에서 서신 하나를 꺼냈다.

이 숲에 들어서기 전 운삼이 보낸 정보원이 준 서신이었다. 서신 안에는 뭐가 적혀 있을까? 볼 것도 없다.

정보.

관평에게 서신을 받은 무린은 지체 없이 펼쳤다. 그리고 빠르게 훑어 내려갔다. 물론, 머릿속에 각인시키는 건 잊지 않았다.

"음……."

미미하게 찌푸려지는 무린의 얼굴이었다.

무린의 얼굴이 찌푸려지자 동그랗게 모여 있던 조장들의 얼굴도 자연스럽게 굳었다. 웬만해서는 얼굴에 티를 안 내는 무린이다.

그런 그가 티를 냈다는 건 티를 낼 소식이나 정보가 서신에 적혀 있다는 것. 그러니 자연스레 굳을 수밖에 없었다.

서신을 다 읽은 무린은 그걸 바로 관평에게 건넸다. 그렇게 관평부터 오조 조장 태산과 윤복에게까지 돌았을 때,

"이거 위험하군."

백면이 말했다.

"……."

백면의 말에 모두 침묵했지만 고개를 끄덕였다.

"원총, 원총이라……."

조용했던, 원총이 일어섰다.

원총(原塚).

근원의 무덤이라는 곳으로 마도육가 중 가장 신비한 곳이다.

그들은 단 한 차례도 무림의 일에 개입하지 않았었다.

하지만 원총은 마도육가라는 단어가 처음 생겼을 때부터 끼어 있었다.

무슨 일을 하는지, 무슨 무공을 쓰는지도 모른다.

하지만 그럼에도 마도육가다.

어떤 이는 마도육가 중 가장 강한 곳이 구양이 아닌, 원총을 뽑기도 했다. 왜? 정보가 하나도 없기 때문이다.

"백면, 원총에 대해 아는 게 있나?"

"……."

무린의 물음에 백면은 대답하지 않았다. 하지만 고개를 저

었다. 백면조차 모른다는 뜻이다.

강호에서 소림만큼이나 유구한 세월을 버텨온 배화교 출신인 백면이 모른다는 것은 정말로 정보가 전무하다는 의미와 다를 바 없다.

무린이 갈충을 바라봤다.

정보를 담당하는 갈충, 혹시 알지 몰라서였다. 그러나 결과는 실망이었다. 갈충도 백면처럼 고개를 저었기 때문이다.

"……."

큰일 났다.

"지금쯤 흑수를 넘어 조양에 도착했다고 하니… 저희보다 앞에 있는 건 확실합니다."

관평의 말에 마예가 머리를 벅벅 긁으며 답했다.

"미치겠군. 혈사대에 이어 원총까지 가세하면 모용세가는 순식간에 무너진다. 단 며칠도 못 버틸 거야."

이미 이들은 전부 강호에 대해 공부를 했다. 모르고 살다가, 이제 강호라는 숲으로 들어왔으니 문인이 기본적인 것들은 전부 가르친 것이다.

그런데 무린이 왜 미치냐.

무린의 목표는 비인과 혈사대다.

그런데 거기에 군벌이 있어 안 그래도 힘들다. 하지만 모용세가가 있으니 적의 적은 아군이라는 법칙에 따라 힘과 정보를 교류할 수 있다.

그렇다면 해볼 만한데, 원총이라는 집단이 일어섰다. 그냐 일어선 게 아니라 모용세가를 노리고 진군하고 있었다.

이건 결코 좋은 일이 아니다.

전력의 차이가 벌어지는 것이다.

"목표는 비인과 혈사대. 차라리 포기하든지, 아니면 그대로 밀고 나가는 방법밖에는 없겠습니다."

태산이 중얼거렸다.

현실적이라면 태산의 말을 골라야 한다.

하지만 무린은 다른 방법이 하나 더 생각났다.

"오대세가가 이 정보를 알 가능성은?"

"아직 힘들 겁니다. 운삼 형님과 갈충 형님의 정보망은 상상을 초월합니다. 오대세가의 망으로는 결코 아직 이 정보를 잡지 못했을 겁니다."

관평이 바로 대답했다.

"여기서 팽가까지의 거리는?"

팽가?

그래, 하북팽가가 있다.

마도육가를 막는 건 언제나 정도오가의 몫이었다.

"갔다 오는 데까지 버틸 수 있을까요?"

관평의 대답은 회의적이었다.

"그들이 우리 말을 믿고, 바로 지원군을 꾸린다는 보장도 없소."

백면도 다른 문제를 꼬집었다.

"그렇다면 믿을 만한 사람이 가면 되겠지."

갈충의 말에, 모두의 시선이 무린에게 몰렸다.

무린의 인상이 굳어졌다.

"……."

무린의 명호는 비천객(飛天客)이다.

그리고 지금 이 순간, 강호상에 떠오른 정도의 신성이자 혈사룡의 이끄는 철갑마를 물리치고, 혈사룡과의 대결에서 우위까지 점하더니, 남궁세가의 소가주를 죽음에서 구한 정도의 영웅이다.

그가 말한다면, 안 믿을 수가 없었다.

더욱이 무린의 스승은 문야(文爺).

하지만 무린이 팽가로 가면 부대는 누가 이끄는가. 그게 문제다. 여기서 비천대가 전부 팽가로 되돌아갔다가 올 수는 없는 노릇이다.

그랬다간 아무리 전력의 반만 있는 혈사대까지 합류하고, 원총까지 가세한 마도삼가의 공격을 모용세가가 버틸 수 없었다.

결국 비천대는 모용세가로 가야 한다.

"저희가 있습니다."

"관평."

관평이 자신만만하게 말했다.

"단 하나도 죽게 하지 않겠소. 그러니 대주는 팽가로 가서 지원군을 이끌고 오시오."

"백면."

무린은 가면 속에 가려진 백면의 눈이 웃고 있다 생각했다. 하지만 그 안에 불꽃이 보인다. 패도적인 기세가 잠시 뿜어 나오다가 다시 들어갔다.

"정 가기 싫으시면, 모용세가를 포기하는 방법도 있습니다."

관평이 다시 말했다.

저것도 하나의 방법이다.

이미 고립되고, 고집스러운 모용세가를 포기하면 애초에 이 고민할 필요도 없어진다. 모용세가를 쓸어버리고 하북으로 내려오는 비인과 혈사대를 족치면 된다.

하지만……

이미 정보는 받았고, 봐버렸다.

무린이 여기서 무시하면 모용세가의 멸문은 피할 수 있는 길이 없다.

'스승님이라면… 어떻게 하셨을까.'

문인이라면 어떻게 했을까?

존경받는 어르신인 문인이라면?

'형님이라면 어떻게 하셨을까?'

무시했을까?

의와 협을 가슴에 품은 그가?

'두 사람의 뜻을 그대로 따르고 싶진 않지만……'

이미 자신은 정도의 사람이다.

사도의 사람도 아니고, 마도의 사람도 아니다.

무린은 그걸 정확하게 파악하고 있었다.

그렇다면…….

결과는 딱 하나다.

"가겠다. 김연호와 연경을 데리고 가지."

하북팽가의 지원을 받아야 한다.

혼자 갈 순 없으니, 김연호와 연경을 데리고 가기로 했다.

관평을 포함해, 장팔, 전부가 웃었다.

쓰읍.

그러나 무린은 그 웃음에 동참할 수 없었다. 대신 무린은
지금까지 조용히 한쪽에서 검을 닦던 남궁유청에게 시선을
보냈다.

무린의 시선을 읽었는지 고개를 들어 쳐다보는 노검객.

부탁한다는 눈빛을 던졌고.

희미한 미소와 함께 남궁유청은 고개를 끄덕였다.

하늘에 도도히 흐르는 검.

창천유검(蒼天流劍).

그라면 필시 어려움 한 번쯤은 도와줄 수 있으리라.

*　　　*　　　*

아침 일찍 비천대는 채비를 맞추고 심양으로 떠났다. 마지막 들렀던 현에서 충분히 채비를 했으니 이제부터 직진으로 심양으로 향할 것이다.

하지만 무린은 반대로 내려가야 했다.

"산해관으로 돌아간다."

무린이 기수를 돌리며 말하자,

"네!"

대답은 둘이 했는데, 목소리는 하나로 나왔다.

김연호와 혈사대와 결전에서 죽은 가장 어린 막내, 연석의 친형인 연경이었다. 그래 봐야 두 살 많았기에 연경도 거의 가장 어린 축에 속했다.

그게 이유였다.

김연호, 연경.

둘이 현재 비천대 중에서 가장 어렸기 때문이다.

김연호는 강했지만, 연경은 아직 다듬어지지 않았다. 황제께서 하사한 영단을 먹었는데 아직 일류의 끝에도 도달하지 못했다.

그 영단의 기운을 아직 해소하지 못했기 때문이다. 물론 그건 시간이 해결해 주겠지만 아쉽게도 현재 시간이 없는 상태.

그래서 무린은 연경을 뺀 것이다.

이랴!

내달리는 무린의 뒤를 김연호와 연경이 바짝 붙어 따라왔다.

무린은 해가 지기도 전에 산해관에 도착했다.

북으로 뻗어가는 교통과 군사의 요충지인 산해관인지라 사람은 역시 많았다. 보부상부터 시작해 상단 등, 셀 수가 없었다.

해가 지는 와중인데도 그 행렬은 아직도 길었다.

하지만 무린은 금방 통과할 수 있었다.

지난 호왕의 난에서 선덕제가 무린에게 하사한 정오품, 정천호(正千戶)의 관직 때문이다.

반각도 걸리지 않아 산해관을 통과한 무린은 다시금 달렸다.

길에서 노숙을 하고, 달리고 또 달려 사흘 만에 무린은 북경에 도착했다.

북경의 통과는 산해관에서처럼 빨랐다.

역시 정천호의 관직의 힘이다.

북경으로 들어선 무린은 조금도 지체하지 않고 묻고 물어 팽가로 찾아갔다.

아직 저녁 시간 전.

위용 당당한 팽가의 정문에 무린은 도착했다.

"누구십니까?"

수문을 맡은 무인이 물었다.

"비천객입니다."

곧이어 닫혀 있던 팽가의 정문이 열렸다.

*   *   *

제갈세가가 고요하고, 평안한 느낌이고, 남궁세가가 도도하고, 고고함을 느끼게 한다면 하북팽가는 누가 봐도 무가였다.

위압감을 저절로 느끼게 된다는 소리다.

해가 떨어지는 시간임에도 세가 안 곳곳에 있는 연무장에는 구슬땀을 흘리는 청년들이 가득했다.

"열심이지 않습니까? 저들이 저희 팽가의 미래입니다. 하하."

"대단합니다."

무린은 앞의 중년인의 말에 고개를 살짝 끄덕이며 대답했다.

무린이 비친객임을 밝히자 마중 나온 사람은 내총관 팽문상이라 밝힌 사람이었다.

팽가의 성씨를 이은 사람답지 않게 호리호리한 체격이었지만 무린은 이 팽문상이라는 사람을 무시 못 할 사람이라 생각했다.

무린의 기감은 아주 좋아서 웬만하면 자신을 빗대어 그 수위를 얼추 맞출 수 있었다. 그런 무린의 눈에 이 팽문상은 최소 자신과 동급이었다.

내총관의 자리에 괜히 앉아 있는 사람이 아닌 것이다.

'철저하군.'

약 일각에 가깝게 걸으며 무린이 느낀 감정이었다.

아직 어린 소동부터 주먹을 쥐고 내지르는 모습이 곳곳에서 보였다.

또 열 살이 넘은 아이들이, 열대여섯은 되어 보이는 소년들이, 약관에 이른 청년들까지.

모두 사방이 뚫린 연무장에서 도, 권, 장을 연습하고 있다.

마치 봐도 상관없다는 투였다.

무린은 이각이 넘게 걸려 외성의 한 전각에 들어섰다.

팽문상은 이층의 방으로 무린을 안내했는데 무린은 방에 들어서서 작은 탄성을 흘렸다.

무린의 앞으로 펼쳐진 방의 정경은 화려하지 않다. 그렇다고 투박하지도 않았다.

굉장히 깔끔하고 편안한 기품을 가진 방이었다.

마음이 저절로 안정이 되는 그런 구조였다.

"자, 앉으십시오."

"감사합니다."

무린은 앉았지만 김연호와 연경은 그저 무린의 뒤에 시립하듯 섰다.

둘의 행동을 보고 무린도 권하지 않았고, 팽문상도 그저 고개를 끄덕이고 무린의 앞에 앉았다.

"이제 저희 세가에 들른 용건을 알 수 있겠습니까?"

시비가 내온 차를 한 모금 마신 팽문상이 말하자, 무린은 고개를 끄덕였다. 무린도 여기서 더 시간을 끌 수 없었다.

이미 비천대와 사흘을 서로 반대로 달려왔다.

그렇다면 비천대와의 거리는 육 일 정도다. 서로 똑같은 속도로 달렸다면 말이다.

그리고 지금 이 시간에도 비천대와의 거리는 점차 벌어지고 있다.

'어쩌면 벌써 심양 근처까지 갔을 수도.'

그게 무린을 압박하고 있었다.

무린은 자세를 바로 했다.

"일단 하나 묻겠습니다. 어째서 팽가는 모용가를 지원하지 않으십니까?"

"아, 모용가가 원했습니다. 정마대전이 발발하고 비인과 군벌이 요녕성으로 진격했을 때 모용가가 서신을 보내왔습니다. 이쪽은 우리가 막겠다. 그러니 혹시 모를 원총의 발호에 대비해 달라. 이렇게 말입니다."

"음……."

모용가가 원했다.

비인과 군벌은 자신들이 막겠다고.

과신인가?

"모용가는 그럴 힘이 있습니다. 애초에 요녕성은 북방과 맞닿아 있어 항상 전투가 비일비재했지요. 그런 곳에 모용가가 자리 잡으며 안정시켰습니다. 아무리 혈사대의 잔당이 합류했다고는 하나 그들은 전투를 할 줄 압니다. 믿고 맡겨도 될 겁니다."

팽문상이 웃으며 말했다.

하지만 그 웃음은 무린의 뒷말에 바로 깨졌다.

"원총이 가세해도 말입니까?"

"……."

우뚝.

"원총이 가세했습니까……?"

뒷말이 길게 끌렸다.

여유롭던 팽문상이 처음으로 냉정을 잃은 것이다.

무린은 고개를 끄덕였다.

그리고 품에서 정천호를 상징하는 호패와 중천에게 맡았던 호패, 그리고 문인에게 받았던 호패를 꺼내 전부 탁자 위에 올렸다.

"하난 선덕제께서 하사한 정천호의 호패요, 하나는 남궁가의 소가주가 제게 맡기신 패, 그리고 하나는 제 스승이신 문인님께서 제게 주신 패입니다."

"……."

이걸 꺼내놓는 이유는?

믿음을 주기 위해서다.

"이걸 걸고, 장담합니다. 원총은 이미 잠에서 깨어나 참전했습니다."

슥!

팽문상의 상체가 급히 앞으로 당겨졌다. 무린이 좀 전에 한 말은 쉽게 넘어갈 말이 아니라는 걸 깨달은 것이다.

그는 생각할 줄 아는 사람이었다.

"지금 위치를 아십니까? 아니, 몇 명이나… 아아, 잠시만
요."

팽문상은 머리를 흔들었다.

생각을 정리하기 위해서였다.

그는 바보가 아니다.

모용세가가 무너지면 마도육가가 향하게 될 곳은 어딜까?
하북팽가? 아닐 것이다. 팽가가 북경 안에 있기 때문에 이 안
에서 소란을 피우면 당연히 선덕제가 가만히 있지 않을 것이
다.

선덕제의 심기가 어지럽혀지면?

강신단주이자 무적단주라 불리는 이무량이 움직인다. 그
리고 이무량이 움직이면 강신단도 같이 움직인다는 소리가
된다.

마도육가도 그건 원치 않는 일.

북경은 피해간다.

그렇다면?

석가장이 첫 번째요, 두 번째는 산동성의 황보가요, 셋째는
제갈세가다.

물론, 그 길목에 있는 정도문파들은 씨가 마를 것이다.

비인, 군벌, 혈사대 잔당, 그리고 원총이라면 충분히 그 전
부를 짓밟고 지나갈 수 있는 저력이 있다.

아니, 차고 넘친다.

자신들이 멀쩡하니 상관없다?

설마 그런 멍청한 생각을 팽가가 한다면 정도오가, 그중 일좌(一座)의 자격을 완전히 잃어야 한다.

원총이 가세하는 순간, 모용가는 이제 절대로 밀려서는 안 되는 상황이 된 것이다.

"정보의 출처는?"

"불가."

"그럼 얼마나 믿을 수 있지요?"

"이 세 호패를 걸고 장담합니다. 사흘 전 그들은 이미 요녕성에 들어섰다고 했으니, 지금쯤이면 최소 청하문에는 도착했을 겁니다."

"음......"

팽문상의 얼굴이 자연 찌푸려졌다.

그는 지금 생각하고 있었다.

"지금 출발한다고 해도......"

"늦었습니다."

"......"

팽문상의 얼굴이 더욱 찌푸려졌다. 이제는 그 찌푸려짐을 넘어 거의 일그러진 상태였다. 하지만 무린은 여기서 희망의 단어를 던졌다.

"하나."

"음?"

"아직 늦지 않았습니다."

"어째서?"

"제 수하들, 비천대 이백오십이 모용세가로 달려갔습니다. 그들이라면 충분히 피해 없이 시간을 끌 수 있을 겁니다."

"비천대……."

팽문상은 생각했다.

비천대의 위용을.

강호상에 지금 떠오르고 있는 신흥 무력 부대의 무력을.

단 오십 기로 혈사대 철갑마 백 기와 대등하게 겨룬 존재들. 대주인 비천객은 혈사룡과의 대결에서 우위까지 점했다.

그렇다면…….

팽문상의 생각이 깊어지기 전에 무린은 쐐기를 박기로 했다.

"남궁세가에서 떠나올 때 남궁유청 대협이 합류했습니다. 물론 지금 비천대와 동행 중이십니다."

"오오! 창천유검께서!"

팽문상이 창천유검의 무력을 모를 리 없었다. 강호상에 그렇게 위명이 쟁쟁하니 말이다. 그런 팽문상에게 무린은 다시 말했다.

"제 동료들 중 저와 비슷한 무력을 가진 이가 하나, 절정에 이른 이들이 여럿 됩니다. 그러니 아직 늦지 않았습니다."

"오오……."

감탄하며 무린을 묘한 눈으로 보는 팽문상이다.

그러나 그런 눈빛을 무린은 끔쩍도 하지 않고 받아넘겼다. 죄지은 것도 아니니, 당당한 것이다.

묘한 눈빛을 지운 팽문상은 날카로운 눈빛으로 바꿔들었다.

"대협의 말씀이 사실이면 아직 늦지 않았군요. 하지만 지원군의 결정은 제 선에서 결정이 불가능합니다. 지금 바로 가주께 아뢰올 테니, 잠시 기다려 주시겠습니까?"

당연한 일이다.

내총관이라는 높은 자리에 앉아 있더라도 그런 중대한 결정을 혼자 할 수 있을 리가 없다.

만약 세가 수뇌부가 전부 자리를 비웠다면 모를까, 하나라도 있다면 반드시 회의를 한 후 결정해야 한다.

무린도 그걸 모르진 않았다.

그래서 선선히 고개를 끄덕였다.

"그렇게 하십시오. 하지만 시간이 없습니다. 딱 두 시진. 그 시간만 기다리고 저희는 떠나겠습니다."

"하하, 더 기다려 주십시오. 최대한 빨리 결정을 내보도록

하겠습니다."

빨리 결정을 낸다.

팽가는 호인의 씨족이다.

가부는 금방 결정이 날 게 확실했다.

그리고 내총관의 직위도 높다.

그건 팽문상의 발언권도 높다는 소리로 직결된다.

"그럼, 여기서 잠시만 기다려 주십시오."

"알겠습니다."

팽문상은 바로 자리에서 일어났다.

무린은 일어나서 그를 문까지 마중했다.

그가 나가고 다시 자리에 앉은 무린, 이번에는 김연호와 연경도 건너편에 앉았다. 연경이 물었다.

"지원군을 보내줄까요?"

"아마도."

"하지만……."

연경은 어쩐지 회의적인 모습이었다.

그런 연경을 보며 무린은 말했다.

"팽가가 멍청하지 않다면 지원군은 반드시 보낼 것이다.
그렇지 않으면 세간의 비판을 받을 수밖에 없어. 이미 내가
정보를 전한 이상, 몰랐던 게 이젠 알게 되었다로 바뀌었지.
알게 된 이상, 이제는 움직여야 한다."

"아, 그렇군요."

팽가는 움직여야 하는 절대적인 이유가 생긴 것이다.

만약 몰랐다면, 움직이지 않아도 지탄을 피할 수 있다. 물론 이건 내키지 않았을 때 얘기다.

하지만 팽가는 정도. 그것도 손가락에 꼽히는 가문이다.

유구한 세월 동안, 구파가 구름 위로 흘러들어 간 강호를 지켜온 방패의 가문이다.

그러니 팽가는 반드시 움직인다.

이유도 이유지만, 그들의 피가 이 상황을 용납하지 않을 것이니 말이다.

무린은 기다렸다.

눈을 감고 가만히, 그동안 시각은 꾸준히 흘렀다.

＊　　　＊　　　＊

한 시진이 지났을 때 팽문상이 다시 나타났다. 올 때는 여럿이었는데, 그저 호위로 따라온 모양인지 적대감은 없었다.

무린의 앞에 다시 앉은 팽문상은 바로 용건을 꺼냈다.

"가주님께서 보시자고 합니다."

"이유를 알 수 있을까요?"

"그저 개인적인 호기심이 드신 모양입니다. 강호에 위명이 쟁쟁한 비천객이 본가를 찾아주셨으니 말입니다. 하하."

"음……."

개인적인 호기심이라,

'촌각이 아깝거늘…….'

그러나 속마음과는 달리 무린은 선선히 고개를 끄덕이고 있었다. 귀찮다고, 시간이 없다고 빼면서 잡아먹을 시간이 더욱 아까운 것이다.

그러니 빨리 얼굴을 보고, 지원군의 파견 유무를 들은 후 무린은 바로 갈 생각이었다.

"그렇게 하겠습니다."

"하하, 그럼 저를 따라오십시오."

일어나 나가는 팽문상을 따라 무린도 움직였다.

팽문상과 같이 온 호위들은 역시 무린의 일행의 뒤를 잡지 않고, 팽문상을 둘러쌌다.

만약을 위한 것이고, 어쩌면 기분 나쁠 수도 있지만 이해 못할 것도 아니었다.

마차가 준비되어 있었다.

이곳이 외성이니 당연히 내성으로 들어가야 했다. 제갈세가도 그렇고 남궁세가도 그렇고, 외성과 내성의 구분은 확실히 해두고 있었다.

무린은 마차를 고사했다.

끌고 온 애마가 있기 때문이다.

고개를 끄덕인 팽문상이 먼저 마차를 타고 떠나고 무린은 그 뒤를 따랐다. 이윽고 내성에 도달하자마자 무린은 가주전이 어딘지 알 수 있을 것 같았다.

높은 전각들 사이 홀로 우뚝 서 있는 거대한 전각이 보였다.

다른 전각들보다 못해도 두 배는 높은 전각이었다.

검사도 없이, 무린은 그 복장에 창까지 전부 들고 안으로 들어갔다. 이건 안일, 자만이 아닌 자신감이 넘치는 모습이었다.

무기를 소지하고 들어가도, 전혀 상관없다는 자신감 말이다.

들어가자마자 보이는 대전.

남궁세가처럼 긴 복도를 따라 걷는 게 아닌, 문을 열자마자 대전이 보였다.

그리고 저 끝에, 한눈에 보아도 거한이라 말할 수 있는 팽가주가 앉아 있었다.

좀 더 가까이 가서 무린은 두 손을 말아 쥐고 예를 취했다.

"후배가 팽가주님을 뵙습니다. 진무린입니다."

지극히 간단한 인사.

허례 따윈 저 멀리 던져 버린 지라 반대로 깔끔하게 느껴졌다. 더욱이 이 인사에 무린은 자신의 성격을 담았다.

"하하, 반갑네. 내가 팽가의 가주 팽무도일세."

이 거한이 바로 당대의 팽가주, 팽무도였다.

역시 마찬가지로 깔끔한 인사였다.

좀 전 자신의 인사처럼 허례가 없기에 무린은 마음이 편해짐을 느꼈다.

팽무도의 인사 후, 무린은 순간 자신에게 쏘아지는 짜릿한 기파를 느낄 수 있었다.

팽무도의 바로 앞, 좌측에 앉은 인물이었다.

'음······.'

무린의 이마가 살짝 찌푸려졌다.

"무성, 그만해라. 네놈의 호승심은 나이를 먹어도 어찌 그대로란 말이냐?"

팽무도가 슬쩍 손을 휘저으며 말하자 무린에게 쏘아지던 기파는 그대로 사라졌다. 대신 호탕한 웃음소리가 공간을 메웠다.

"하하!"

무린은 저 호한의 중년인이 누군지 알 것 같았다.

도왕(刀王), 팽무성(彭武成).

천하 모든 도객들의 정점에 서 있다 자부하는 인물. 하지만 도왕이란 별호보다는 도귀(刀鬼)란 별호가 더욱 잘 어울리는 인물이었다.

팽가의 가전무공인 혼원벽력신공(混元霹靂神功)과 건곤미
허신공(乾坤彌神功)을 바탕으로 펼치는 혼원벽력도(混元霹靂
刀)와 건곤연환탈백도(乾坤連環奪魄刀)를 대성하고도, 또 다
른 가전무공인 오호단문도(五虎斷門刀)나 왕사자도(王獅子刀)
는 물론, 혼원도나 건곤도에도 뒤지지 않는 철혈적성도(鐵血
摘星刀)까지 파들고 있는 그야말로 도에 미친 인간이기 때문
이다.

더욱이 위의 말로 알 수 있듯이 호승심도 굉장히 셌다.

강한 사람을 보면 꼭 대결을 신청했는데, 한동안 강호를 주
유할 때 그런 성격 탓에 친 사고가 한둘이 아니었다.

결국 가주령으로 그를 불러오고 나서야 팽무성의 사고는
끝이 났다.

그래도 세가를 찾는 강호인들 중 자신의 그어놓은 선을 넘
은 무인이 들어오면 매번 비무를 요청했다.

안이나 밖이나 사고뭉치인 것이다.

그러나 그의 무공은 진짜였다.

괜히 도왕이라는 칭호가 붙은 게 아니었다.

'괴팍하겠군.'

무린은 곧바로 단정 지었다.

저런 성격은 무린이 북방에 있을 때도 수도 없이 보았었다.

짬 좀 먹은 병사 중에 못해도 열 중 하나둘은 저런 성격이었던 것이다.

"저를 찾으셨다 해서 왔습니다."

무린은 용건을 꺼냈다.

불렀으니 어서 할 말을 해라였다.

그런 무린의 말에 기분 나쁠 만도 하건만, 팽무도는 그저 호탕하게 웃고, 다시 무린을 바라봤다.

"그래, 비천객이 가져온 정보는 확실하겠지?"

"네, 장담합니다."

"틀렸을 시?"

"……."

무린의 이마가 다시 찌푸려졌다.

"설마 이런 상황에 제게 원하는 것이 있으십니까?"

낮은 무린의 말에 팽무도는 다시 하하! 하고 웃었다.

맹랑한 놈이로고! 하는 생각은 아닌데, 자신이 생각했던 것을 무린이 뛰어넘어서였다.

"어떠냐, 상대할 수 있겠느냐?"

갑자기 팽무도가 좌측과 우측을 번갈아 보며 물었다.

팽무성이 좌측에 앉아 있었다면, 오른쪽 세 번째, 좌측 세 번째 자리에 앉아 있던 일남일녀가 팽무도의 질문에 대답했다.

먼저 오른쪽에 있던 사내가,

"모르겠습니다."

고개를 저으며 대답했다.

팽무도의 인상에 흥미가 돌았다.

그리고 다시 좌측을 바라봤다.

"저도 잘 모르겠어요."

약간 굵직한 목소리다.

여인의 목소리라고 보기엔 투박한 목소리였다.

둘의 대답을 들은 팽무도는 고개를 끄덕였다.

"이 둘과 오호대, 사자대를 보내지."

오호대, 사자대.

말 그대로 오호단문도를 익힌 무력대와 왕사자도를 익힌 대를 보내겠다는 뜻이다.

그리고 사실 이 일남일녀가 이 두 개의 대의 대주였다.

"…감사합니다."

무린이 감사할 일은 아니다.

다만 상황이 그런 말을 해야 하니 감사하다고 했다. 인사를 한 무린은 두 일남일녀를 바라봤다.

'강하군.'

남자의 나이는 이제 이립에 들어선 것 같았다.

여인도 마찬가지.

그러나 둘 다 강했다.

굳이 붙어보지 않아도 자신을 바라보는 눈빛, 그리고 겉으로 나오지 못하고 안으로 갈무리된 기세에서 무린은 느낄 수 있었다.

즉, 최소 절정의 중간은 지났다는 소리다.

하지만 무린은 둘이 협공을 한다면 모를까, 일대일로 붙으면 진다는 느낌은 받지 못했다.

그러나 이것만 해도 어디랴.

모용세가를 구하기로 마음먹은 이상, 저 정도 무인 두 명과 저 두 명이 이끄는 대의 합류는 감지덕지다.

무린의 상념을 끊는 팽무도가 물음이 들렸다.

"하나 물어볼 게 있네."

"말씀하십시오."

"모용세가를 왜 구하려고 하지?"

'음……..'

잠시 고민하는 무린. 결정했는지 무린은 답을 내놓았다.

"지금의 저를 만들어 준 스승님과 형님의 가르침 때문입니다."

"그런가. 알겠네."

"……."

"저 두 아이를 잘 부탁하네. 온실 속에서 갈고 닦은 무력이라 실전은 잘 모를 것이야. 자네가 잘 좀 봐주게나."

"……."

무린은 대답 없이 고개를 숙였다.

그 후 미련 없이 등을 돌렸다.

지원군은 얻어냈다.

그렇다면 이제 다시 심양으로, 복수행을 계속해야 할 때다.

＊　　　＊　　　＊

무린이 나가자 팽무도가 옆을 보며 물었다.

"어떻던가?"

"뭐가 말이오?"

"비천객."

"흐음."

팽무성은 곧바로 생각에 잠겼다. 그의 눈으로 봤던 비천객. 대단하다. 확실히 대단한 무인이었다.

한 번 붙어보고 싶어 몸이 근질근질할 정도로.

하지만 팽무도가 물어본 건 그가 강하냐, 약하냐가 아니었다. 그의 기질(氣質)을 물어본 것이다.

무인은 은연중 그 기세를 내보이게 마련이다.

그건 수련해 온 방식, 내력의 특성 등에 따라 천차만별로 나눠진다. 물론 그 자체를 숨기는 것도 가능하다.

경지에 이르렀다면 말이다.

하지만 팽무성이 본 무린은 숨기지 않고 있었다. 그래서 팽무성은 팽무도의 질문에 답을 할 수 있었다.

"정사, 중간."

"나도 그렇게 봤다."

무린이 가진 기도는 기질은 결코 깨끗하지 않다. 솔직하게 말해 전역하기 전까지 북방에서 생명을 밥 먹듯이 죽인 사람이 무린이다.

그런 기질은 반드시 몸에 배게 된다.

그런 무린이 정도의 느낌이 나는 이유는 역시 스승과 형님, 문인과 중천 때문이다. 두 사람에게 배웠기에 은연중에 정도의 기도가 배었고, 특성이 크게 없는 신공인 삼륜공의 덕으로 정도의 기질도 몸에 가지게 됐다.

이 두 가지를 팽무도도, 팽무성도 느낀 것이다.

"장로들은 어떻게 보셨소?"

팽무도가 주변을 둘러보며 말했다.

그러자 앉아 있던 열 좌석에서 두 자리가 빠진 여덟 자리에 앉은 팽가의 인물들이 고개를 수긍한다는 듯이 고개를 끄덕였다.

대표로 먼저 입을 연 자는 팽무성의 바로 앞에 앉은 노인이었다.

팽가의 제일장로.

이미 고희(古稀)에 든 나이건만 팽무도의 간절한 청에 의해 아직도 원로전으로 가지 못한 팽윤걸이다.

팽윤걸(彭鈗傑).

가주인 팽무도, 도왕 팽무성의 윗대 중, 가장 나이가 적은 팽가의 장로. 그는 나서기를 좋아하는 사람이 아니고, 무공이 그리 고강하지도 않았다.

하지만 그는 정심하고, 이해가 깊고, 사려가 깊었다.

깊은 사고를 통해 항상 가장 올바른 방향을 찾아내기 때문에 팽가 안에서는 그 누구도 그를 무시하지 않았다.

오히려 존경할 정도였다.

"살기가 강해 보였소. 하지만 그건 아마 그의 출신 성분 때문일 터, 크게 문제될 건 아니오."

"음……."

팽무도는 고개를 끄덕였다.

팽윤걸의 말처럼 비천객이 출신 성분은 북방이다. 그가 이끄는 비천대도 무인이 아닌, 병사라고 보는 게 더욱 옳은 말이었다.

팽가는 이미 사람을 풀어 비천객을 조사했다.

그것도 처음 그가 단문석을 죽이고 강호의 신성으로 떠올랐을 때 바로 조사했다. 비천객, 진무린을 조사하는 건 쉬웠다.

북방에서 바로 그 흔적이 나온 것이다.

십오 년 종군.

그리고 귀환.

무공은 중천에게 배웠고, 후에 문인이 그의 스승이 된다.

남궁가와 원한이 있고, 그 원한의 사유는 불명.

"하지만 그가 익힌 무공, 아직도 그건 본인도 모르겠소. 이 마 앞으로 회전하는 류이 떠오르는 무공이라……."

팽윤걸이 그렇게 말하며 고개를 저었다.

모른다.

아무리 생각해도 모르겠다는 뜻이다.

그런데 이들은 왜 이런 대화를 할까.

비천객을 주제로.

당연히 의심 때문이다.

황보악이 했던 말, 그건 거짓이 아니었다. 황보가에서 무림에 암약하고 있을 제삼의 단체에 대해 경고를 받았고, 팽가는 그걸 가벼이 넘기지 않았다.

황보가가 절대 거짓말을 할 이유도 없을 뿐더러, 이미 팽가 자체에서도 그런 조짐을 충분히 느꼈기 때문이다.

팽가는 그 직후, 하북을 중심으로 활동하는 모든 무림 고수들을 조사했다.

그 출신 성분이 어딘지, 사용하는 무공의 연원(淵源)이 어떻게 되는지, 심지어 가족 관계까지 전부 의심하고, 조사했다.

그래서 상당수의 의심스러운 무인들을 찾아냈고, 남모르게 감시하고 있었다. 그러던 중에 나타난 비천객의 등장.

황보가에서 연락을 받았다.

비천객이 의심스럽다고.

그 행보는 전부 밝혀졌지만 무공의 연원이 밝혀지지 않았다. 더욱이, 어떻게 오 년도 안 되어 절정의 벽을 넘을 수 있었는지도.

물론 이렇게 강해진 이유가 있던 무린이다. 강해져야만 하는 이유가 있었던 무린이다.

또한 목숨을 걸었고, 그 속에서 기연을 만나면서 절정의 벽을 넘어섰지만, 이들이 그런 걸 알 수 있을 턱이 없다.

그러니 의심하는 것이다.

무지막지한 대검을 휘두르던 금발, 거구의 무인과 한패가 아닌지 말이다.

하지만 의심을 하자니, 그에게 무공을 가르쳐준 인물과 학문을 가르쳐 준 인물이 너무 잘 아는 사람들이다.

남궁가의 소가주.

그리고 제갈가의 기둥.

아주 뼛속까지 정도의 인물들이었다.

팽윤걸이 나직한 목소리로 다시 말했다.

"지켜보는 것밖에 그를 알아낼 방법이 없소."

그 말에 미약하게 팽무도의 얼굴이 찌푸려졌다.

"곤란해, 곤란해……."

팽무도는 자신의 아들인 팽연성, 동생인 무성이의 딸인 팽
연화를 괜히 무린과 같이 보낸 게 아니다.

지원의 이유는 확실하다.

하지만 그 안에는 감시의 임무도 있었다.

무린의 감시, 뭘 물어보고 그러지는 않을 것이다. 다만 무
린의 행동을 처음부터 끝까지 그저 지켜볼 것이다.

그리고 그 둘이 판단할 것이다.

무린이 정도의 인물인지, 사도의 인물인지. 아니면 둘 다
아니고, 제삼의 세력에 소속된 인물일지.

만약 무린이 제삼의 세력에 소속됐다면?

위험할 수도 있다.

하지만 무가에서 태어난 둘이다.

강호의 안녕을 지키는 건 오대세가에 하늘이 내린 천명(天
命)이다. 그렇다면 오대세가의 모든 무인은 강호가 위험하면
그 어떤 위험한 일도 마다하지 말아야 한다. 그렇게 배우고,

들으며 자랐다.

　그러니 아무리 직계라도 피해갈 수 없는 숙명(宿命)이다.

　아니, 직계이기에 더욱 책임감을 가져야 한다. 솔선수범.
그걸 보여줘야 하기 때문이다.

　지난 몇 십 년간 마도육가와의 음지에서의 싸움은 계속되
어 왔었다.

　할아버지가, 그리고 아버지도 그 싸움을 했었고, 이제 지금
으로 넘어온 것이다.

　"걱정할 것 없소. 연화도 연화지만 연성이야 겉보기와 다
르게 침착하고, 똑똑한 아이 아니오. 책임감도 강하고."

　"그렇기에 걱정이다. 너무 생각이 많아."

　팽무도는 자신의 아들인 팽연성이 걱정이었다.

　만약 비천객이 제삼의 단체의 인물이라면? 팽연성이 자신
을 감시하고 있다는 것을 알아차린다면?

　'연성이가 비천객을 감당할 수 있을까?'

　팽무도는 고개를 저었다.

　힘들다.

　누가 봐도 힘들었다.

　자신의 아들은 강했다.

　걷기 시작하면서부터 도를 잡는 법을 배웠다. 팽가, 가주의
아들이라는 이유 때문이었다.

여섯 살, 일곱 살 때부터 해가 질 때까지 수련에 수련을 거듭했다.

영약을 먹으면서 기혈을 타통했고, 그렇기에 이립이 지나고 얼마 지나지 않아 절정의 벽을 넘었다.

그러나 문제는, 절정의 벽을 넘어선 지금까지 강호 경험이 하나도 없었다는 것이다.

이게 첫 번째 강호주유다.

그런데 처음부터 너무 힘든 임무를 맡았다.

모용세가의 구출이라는 것이 대외적인 이유지만 그 안에는 비천객의 감시까지 같이 들어 있으니 말이다.

모용세가도 구해야 하고, 비천객도 감시해야 한다.

딱 두 가지의 임무.

그러나 이게 쉬울까?

모용세가를 구하는 것도 쉽지 않다.

비인에 군벌, 혈사 일조 철갑마에 이제 원총까지 상대해야 한다. 그것만 해도 마도육가의 셋이다.

쉬울 리가 없는데, 비천객까지.

"연성이는 절대 비천객을 못 당할 것이다. 비천객이 북방에서 십오 년을 종군한 게 사실이라면 결코 그를 당할 수 없어. 임기응변부터 시작해서 모든 게 차이가 날 것이다. 같은 경지라고 해도 말이다."

"그러기야 하겠지만, 연화도 있소. 오호대, 사자대 이백 무인도 있고."

팽무성의 대답이다.

하지만 그럼에도 팽무도의 얼굴은 펴질지를 몰랐다.

"비천객의 진짜 정체가 다르다면 완전히 사지로 보낸 격이다."

당연하다.

마도육가도 있으니까.

"그러면 왜 보내셨소? 나를 차라리 보내시지."

"언제까지 안에서 키울 수는 없지 않느냐. 이제 십 년이면 내 자리를 이어받아야 하는데 말이다."

경험 때문이다.

그렇기 때문에 도박을 한 건가?

"형님, 비천객 그놈. 그래도 악한 놈은 아니오. 나이가 좀 드니 보이는 게 있는데, 아무리 숨겨도 나쁜 새끼는 딱 봐도 티가 나더란 말이오. 근데 비천객은 적어도 그런 건 없었소. 걱정 안 해도 될 거요."

피식.

그렇기야 하다.

자신도 못 느꼈으니까.

그렇기 때문에 팽무도는 웃고, 동생의 말에 대답했다.

"그렇구나. 그리고 이미 명령은 내렸으니, 시위는 놓았지. 이제는 그저 지켜봐야 할 때이구나."

"그렇소. 그냥 기다립시다."

자식 걱정이 문제다.

팽무도는 보기와는 다르게, 정이 많은 사람이었다.

아니, 팽가의 인물들 전부가 정이 많다.

물론 그거야 자신과 아주 가까운 사람에 한정이지만, 덩치를 생각하면 의외의 모습이긴 하다고 강호의 호사가들이 말한다.

하지만 어쩌랴.

이 또한 혈족의 몸속에 타고 도는 특성인 것을.

후우.

한숨을 쉰 팽무도가 주변을 둘러보며 말했다. 자식 걱정은 여기까지 하고, 이제 짚을 걸 짚어야 한다.

한심하고, 무능한 것을.

"그보다, 내 하나 물어볼 것이 있소."

기도가 변한다.

가주의 위엄이다.

"어떻게 비천객이 우리 세가보다 먼저 원총이 일어났다는 정보를 습득한 것이오? 본 가주는 그게 이해가 안 가오."

"......"

꿀 먹은 벙어리가 되는 것은 당연한 일이다.

"원총의 근거지는 우리도 감시 중이었소. 아니오. 이 장로?"

"맞습니다."

"그런데 왜 우리는 못 받았소? 세가 은호단은 뭐했소?"

은호단(隱狐團).

은밀한 여우.

세가에서 독자적으로 운영하는 정보단이다. 오대세가에서 원총의 근거지가 있는 내몽고와 가장 가까운 곳은 당연히 팽가다.

그래서 원총의 경계는 항상 팽가가 맡아왔다.

"이 장로, 말해보시오."

팽무도의 눈이 이 장로에게 붙어 떨어지지 않는다.

눈빛은 노여움을 여지없이 보여주고 있었다. 고개를 숙인 이 장로. 이 장로는 은호단의 실질적 단주다.

단주는 따로 있지만 그가 모든 명령을 내리고, 운영한다. 그렇기 때문에 팽무도가 지금 그를 지긋이 노려보고 있는 것이다.

"죄송합니다."

"죄송하다?"

꿈틀.

팽무도의 눈가가 한 차례 움찔거렸다.

누가 봐도 화가 났다는 것을 알 수 있었다.

좀 전에는 자식을 걱정하는 아비였지만 지금은 아니다. 팽
가라는 거대한 단체를 이끄는 주인의 모습을 보이고 있었다.

"이 장로."

"네, 가주님."

"이게 지금 죄송하다고 끝날 일이오?"

"……."

팽무도의 지적에 이 장로, 이광(李廣)의 고개가 다시 바닥
으로 떨어졌다.

"지금 은호단에 원총이 움직였다는 정보가 왔소?"

"……."

"왔냐고 물었소."

"아직… 안 왔습니다."

"근데 비천객은 벌써 알고 있던데. 더욱이 그것도 며칠 전
에 알고 있더란 말이오. 며, 칠, 전, 에."

딱딱 끊듯이 며칠 전이라는 말에 힘을 주는 팽무도였다.

이 장로 이광은 역시 어떤 대답도 하지 못했다.

"그럼 다시 묻겠소. 비천객은 어디서 정보를 얻은 것이오?
그건 알아낼 수 있겠소?"

"그의 관직상, 어쩌면 관부에서 얻었을……."

"장난하오?"

팽무도는 이광의 말을 바로 잘랐다.

"관부와 강호는 불가침이오. 근데 원총을 관부가 주시한다? 아니, 할 수도 있겠지. 근데 나는 그런 정보를 하나도 못 들어봤는데?"

"……."

"말을 하시오, 말을. 꿀 잡순 사람마냥 입 꼭 닫고 있지 마시고."

통렬하게 쏘아 붙이는 팽무도였다.

그도 그럴 게, 그는 사실 자존심에 큰 타격을 입은 상태였다.

원총(原塚).

그들은 분명 팽가가 직접 감시하고 있었다.

은호단 오십이 감시했다.

그런데 원총이 나가는 걸 아예 알지도 못했다는 건 치욕이자 굴욕이다.

더욱이 그걸 내총관 팽문상에게 들었을 때, 팽무도는 가슴 밑에서 진심으로 솟구쳐 오르는 분노를 느꼈다.

비천객이 먼저 전했다는 건 그가 가진 정보 단체가 뛰어나다는 뜻이다.

근데 이걸 반대로 말하면 팽가의 정보단이 무능하다는 뜻이 된다.

모를 것이다.

팽무도는 분명 모를 것이다.

무린이 받는 정보가 중원을 통틀어 가장 뛰어난 정보 단체에서 나오는 것임을. 상인연합의 정보 단체, 그리고 갈충의 정체불명의 정보 단체에서 나오는 정보임을.

팽무도는 어쩌면 앞으로도 모를 것이다.

사실 무린의 정보력은 오대세가 전체를 앞선다.

남궁세가보다도 빠르고 제갈세가보다도 빠르다. 팽가, 당가는 물론 황보가보다도 빠르다. 그건 어쩌면 앞으로 영원히, 비천객이 빠를지 몰랐다.

하지만 그걸 인정할 수는 없다.

왜?

팽가는 무가고, 팽가는 오대세가고, 그렇기에 팽가는 최고여야 했기 때문이다.

"이 장로."

"네, 가주님."

"지금 당장 비천객을 조사하시오. 그의 출신 성분부터 시작해서 처음부터 끝까지. 이미 알고 있던 것은 잊어버리고 새롭게 시작하시오."

"……."

팽무도의 말에 이광은 그저 고개를 숙여 대답한다.

말은 계속된다.

"그가 가진 정보 단체. 무공, 그 수하들의 내력까지 전부, 모조리 파헤쳐 내시오. 알겠소, 이 장로?"

"네, 알겠습니다……."

이광은 고개를 숙이며 대답했다.

"구양의 움직임은?"

"아직……."

"…후우, 내 달포의 시간을 주겠소. 그 안에 구양의 흔적을 찾아오시오. 안 그러면 무능이라 생각하고, 그 자리에서 내 친히 내려주겠소."

구양은 무섭다.

무력으로만 따지면 남궁가와 비견될 정도.

이미 남궁세가에서 정보는 받았다, 백 명의 무인이 구양세가의 문을 열고 나왔다. 하지만 종적(踪迹)은 불명이다.

남궁가 소가주의 직인이 찍혀 온 그 서신은 팽무도의 신경을 계속 거슬리게 하고 있었다. 안 보이는 적만큼 무서운 것도 없다.

팽무도는 그 사실을 매우, 아주 잘 알고 있었다.

"마지막 기회라 생각하시오."

"네, 최선을 다하겠습니다."

그 대답에, 팽무도가 서늘한 얼굴로 대답했다.

"암, 그래야 할 것이오. 마지막 기회니까."

"……."

그렇게 이광을 찍어 누른 팽무도가 자리에 있는 인물들을 살펴보며 말했다.

"이 시간부로 특급 경계령을 내리겠소. 무력단은 언제든 출전할 수 있는 채비를 갖춰 놓고, 세가 자체 경계도 확실하게 하시길 바라오."

팽무도의 말에 예, 알겠습니다 하고 대답이 들렸다.

"오늘은 여기까지 하겠소. 조만간 다시 소집을 할 터이니 각자 맡은 바 임무를 해주시오."

그렇게 말하고 팽무도는 자리에서 일어나 이 층으로 올라갔다.

그 뒤를 따라 팽무성이 일어나고, 다른 장로들도 하나둘씩 일어나 전각을 나갔다.

그러나 마지막까지 앉아 있는 이광.

"……."

숙인 그의 눈빛이 서늘하게 빛나고 있었다.

서늘함에, 치명적인 독이 포함된 불길함을 내포하고 있었다. 그러나 기세는 없다. 주눅 들어 있는 것처럼 보일 뿐이다.

이자…….

느낌이 좋지 않았다.

그러나 아쉽게도 이런 이광의 눈빛을 본 사람은 아무도 없었다.

                    *   *   *

밖으로 나온 무린은 김연호와 연경을 이끌고 내성을 지나, 외성문까지 이동 후 팽가의 지원군을 기다렸다.

반 시진이 지났을 때, 저 멀리서 일단의 무리가 나타났다.

총 이백 명.

한 개 대가 백 명씩 이루어져 있었다.

검은색 무복과 허리에 한 자루 도.

복장은 전부 일통이었다.

다만 가슴에 각각 오호, 사자라고 적힌 한문만이 다를 뿐이었다.

"팽연성입니다."

"팽연화예요."

둘의 소개다.

"진무린입니다."

나이는 무린이 딱 봐도 많았지만, 강호에서 얼굴로 나이를 짐작하는 건 어리석은 일이고, 초면에 반말을 하는 건 더욱

어리석은 일인지라 무린도 존대로 자신을 소개했다.

"이쪽은 제 수하, 김연호와 연경입니다."

"김연홉니다."

"연경이라 불러주십시오."

끄덕.

무린이 두 수하를 소개하는 건 그저 고개를 가볍게 끄덕여 받는 두 사람이다. 하지만 얼굴에 무시의 기색은 없었다.

경지에 든 만큼, 성씨에서 알 수 있듯이 직계처럼 보였다. 그럼 그만큼 배운 게 많다는 뜻. 그리고 그 배움을 실천하는 두 사람 같았다.

"어리네요."

팽연화의 말,

"하지만 강하군요."

팽연성의 말이었다.

그 후 둘 다 감탄을 했다.

무린은 가슴이 살짝 뿌듯해짐을 느꼈다. 하지만 여기서 언제까지 이러고 있을 수는 없는 노릇.

"출발해도 되겠습니까?"

"그러세요. 근데 여정은 어떻게 잡을 예정이신지?"

"시각이 촉박하니 최소한의 기마들 휴식만 챙길 생각입니다. 그렇게 산해관을 통과해 심양까지 직진으로 달릴 겁니다."

"좋아요. 출발하지요."

간략한 일정 소개에, 팽연화도 간단하게 받아들였다. 기실 그렇게 간단한 일은 아니다.

말을 타고 하루에 반 이상을 달리는 건 웬만한 정예 기병도 힘든 일이다.

무인이라면 신법에 익숙하기에 더욱 힘들지 몰랐다.

그런데도 가볍게 수긍한다.

경험이 있거나 자신이 있다는 뜻이다.

하지만 무린은 이해했다.

'저 나이에 절정의 무인.'

천재의 부류다.

팽연성, 팽연화도 일전에 만났던 천왕공 황보악과 같은 부류라는 소리다. 그럼 어떻게든 버틸 수 있을 거라 무린은 생각했다.

무린은 말에 올라탔다.

무린이 올라타자 김연호도, 연경도 자신의 말에 올라탔다. 그리고 팽연성, 팽연화가 올라타자 오호단과 사자단도 전부 말에 올라탔다.

"출발하겠습니다."

"네, 그러세요."

가벼운 대답.

무린은 가타부타 말없이 고삐를 잡아챘다.

이랴!

북경을 금방 벗어난 무린은 다시금 북으로 질주했다. 걱정
하는 마음 때문인지, 무린의 질주는 매우 빨랐다.

팽가로 올 때보다 더 빨리, 순식간에 산해관을 돌파하고,
요녕성에 들어섰다. 올 때는 셋이었고, 돌아갈 때는 이백 하
고, 다섯이라는 점을 생각하면 경이로운 속도였다.

그런 무린의 질주가 멈춘 건, 수중보다 위, 금주였다.

第六十六章 금주·매복

（錦州·埋伏）

귀환병사

현 이름에서도 알 수 있듯이 금주는 비단을 생업으로 하는
고을이다.

그런데, 지금 이 순간 금주에 들어섰을 때 무린이 느낀 건
비단의 모습보다 여기저기 널려 있는 시체의 모습이 더욱 많
이 보였다.

"……."

"……."

이게 무슨…….

어처구니가 없다.

마을이 완전히 쑥대밭이 되어 있었다. 아니, 쑥대밭이라는 말로도 설명이 부족했다.

"야, 이 새끼야! 토하지 말고 일하라고! 일!"

관병의 출동은 당연했다.

여기저기서 대명제국의 관복을 입은 병사들이 움직이고 있었는데, 곳곳에서 이 처참한 상황에 적응하지 못하고 구토하고 있는 자들이 속출하고 있었다.

누구의 짓인가.

혈사대? 비인? 군벌? 아니면 원총?

아니다.

그럴 리가.

모용세가를 상대하기도 바빠야 할 그들이다.

무린은 천천히 앞으로 나갔다.

관병들이 무린을 봤다.

무린 뒤에 오호대에 사자대도 봤다.

곧바로 창을 들이밀었다.

모든 관병이 무린의 주위로 몰려들어 창을 겨눴다.

"누구냐! 정체를 밝혀라!"

관병의 우두머리로 보이는 자가 선두에 있는 무린에게 위협적으로 물었다. 무린은 말없이 품에서 호패를 꺼내 들었다.

정천호의 관직을 상징하는 패다.

툭.

무린이 패를 던지자 우두머리가 그걸 보더니 눈이 갑자기 커졌다. 정오품의 관직은 감히 그가 쳐다볼 수도 없는 위치다.

"충!"

우두머리는 곧바로 경례를 올렸다.

"창 치워! 이 새끼들아!"

그 직후 바로 사방팔방에 떠들어댔다. 정천호의 관직에 있는 무관에게 창을 들이댔다.

물론 정체를 알기 전이지만 이건 아주 제대로 골로 갈 짓을 한 것이다.

만약, 상황이 이렇지 않았다면 절대 그러지 않았겠지만 학살극 때문에 병사들은 물론 우두머리도 신경이 아주 예민하게 날이 섰기에 일어난 실수였다.

우두머리는 수하들을 물리고 곧바로 무린을 안내했다.

"이쪽으로 오시지요."

끄덕.

무린은 대답 대신 한쪽으로 우두머리를 따라 이동했다. 일단은 멀쩡한 객잔이었다.

그러나 곳곳에 혈흔이 묻어 있어 역시, 피 냄새가 코끝을 찌르는 곳이었다.

그러나 무린은 이해했다.

지금 금주는 어디를 가나 이럴 것이다.

무린의 감각이 말해주고 있었다.

"제 소개를 하겠습니다. 저는 요녕군부 소속 백부장 이충입니다."

"정천호 진무린이오."

"아……. 혹시 비천객이십니까?"

"……."

무린은 대답 대신 고개를 끄덕였다.

이충의 눈빛이 무린의 뒤로 갔다.

무린을 따라 들어온 몇몇 인물들의 정체도 궁금한 게 분명했다.

무린이 그 눈빛을 읽고 소개하려는 찰나, 먼저 그들이 나섰다.

"팽가의 팽연성입니다."

"팽가의 팽연화예요."

"아……. 팽가, 팽가셨군요."

이충은 고개를 끄덕였다.

그러나 눈빛은 의심의 빛이 아직 가시지 않았다. 구두로 팽가라 한들, 누가 믿겠나. 현재 같은 상황이라면 누구도 믿지 않을 게 분명했다.

그런 이충의 눈빛에 팽연성과 팽연화도 품에서 팽가의 패를 꺼내 건넸다. 직계이니 당연히 이들도 패를 가지고 있었다.

패를 받아들고 본 이후에야 고개를 끄덕이는 이충이었다.

김연호와 연경에게도 시선을 옮기는 이충.

"내 수하들이오."

"……."

끄덕.

정체를 전부 밝히고 나서 비천객은 가만히 이충을 바라봤다.

"누구 짓이오?"

"원의 잔당입니다……."

"까드득……! 이 개자식들……."

거칠게 이가 갈리고 욕설이 뒤이어 들려왔다. 이충 뒤에 있던 부하들의 목소리였다.

이 발언도 무례임이 분명하지만, 무린은 따지지 않았다.

이 상황이 그런 무례를 이해하게 만든 것이다.

그리고 원의 잔당.

하아…….

이 상황에서 원의 잔당이 요녕성까지 쳐들어왔다. 그리고 금주를 박살 냈다? 대체 왜? 아니, 그 이전에 어떻게?

"정보가 하나도 들어오지 않았습니다. 저희가 첩보를 받고 움직였을 때는 벌써 늦었습니다."

"……."

정보가 안 들어왔다?

하오문이의 짓이라는 걸 무린은 직감적으로 눈치챘다. 하지만 그 후 바로 의문이 들었다.

원의 잔당까지 정마대전에 끼어들었다?

그럴 리가…….

무린은 의심을 감추고 물었다.

"수는?"

"대략 기병 이백에서 삼백으로 생각하고 있습니다."

"기병 이삼백이라……."

무린은 생각에 잠겼다.

원의 기병 이삼백.

결코 가볍게 볼 숫자가 아니었다.

원나라가 그렇게 강할 수 있었던 것은 다른 것 때문이 아니다. 그 강력한 원의 기병이 천하를 짓밟았기 때문이다.

그러니 이삼백이라고 해도, 일반 기병과는 아예 그 급이 다르다.

물론 직접 만나봐야 알겠지만, 만약 정예라면… 비천대도 상당한 피해를 감수해야 할 것이다.

결국 혈사대의 철갑마만큼이나 무섭다는 소리다.

"그들은 어디로 향했습니까?"

"일단 위치로 보아 북녕이나 청하문으로 향한 것 같습니다. 하지만 이것도……."

확실치는 않겠지.

분명 하오문이 또 정보교란을 할 게 분명했다. 흔적을 지우고, 다시 새롭게 만들어내는 건 비인보다 하오문이 훨씬 뛰어나다.

왜?

그들은 도망치는 기술이 없었다면 이미 예전에 멸문했을 게 분명하니 말이다.

정도 아니고, 사도 아니고, 마도 아닌 그들이 살아남는 방법은 도주였다.

"요녕군부가 움직였습니다. 지금쯤 타격대가 출발했을 겁니다."

"음……."

이 말은 그냥 피해달라는 뜻이다.

두 눈에 흐르는 정광과 기백은 그가 대명제국의 관인으로서 분노하고 있다는 걸 보여주고 있었다.

그러니 원의 잔당은 자신들이 퇴치하겠다. 이리 말하고 있었다.

무린은 고개를 끄덕였다.

하지만 이 한마디를 하는 걸 잊지 않았다.

"지금부터 나는 심양으로 향할 것이오. 그 길목에서 마주 친다면…… 참지 않겠소."

"……."

무린의 눈을 본 이충이 잠시 얼굴을 굳혔다가 고개를 끄덕 였다.

그 말은 불쾌했어도 거절할 명분이 없기 때문이다.

항상 무림과 관은 서로 피했기 때문에, 그 일 또한 서로 상 관하지 않았다.

모용세가의 일도 마찬가지다.

앞마당에서 버젓이 사람이 죽어나가고 있어도 요녕군부는 움직이지 않았다. 무림의 일이기 때문이다.

만약 그 일에서 일반 백성이, 군부의 사람이 다쳤다면 분명 지랄이 나겠지만 그러지 않으니 그저 조용히 침묵했었다.

무서워서?

아니다.

말 그대로 서로 불가침이기 때문이다.

하지만 무린은 정천호의 관직을 가지고 있다. 그 정천호의 관직은 직접 황제가 무린에게 하사한 것.

그걸 관부의 인물인 이충이 모를 리가 없다.

그러니 무린은 군부의 사람이라 봐도 좋다.

하지만 무린은 비천객이라는 강호의 별호도 가지고 있다.

끼어들지 말라고 하기에는 무린의 위치는 애매했다. 그래서 이충이 말리지 못한 것이다.

무린은 밖으로 나왔다.

저 멀리서 불길이 넘실거렸다.

이유야 뻔했다.

전부 묻을 수 없으니, 그저 태우는 것이다. 저런 것, 북방에서 질리게 봐온 무린이기에 눈살조차 찌푸려지지 않았다.

하지만 속으로 알싸한 느낌이 스쳐갔다.

마치 다시… 북방에 온 느낌.

전쟁터에 발을 들이민 느낌이 든 것이다.

무린은 금주를 눈에 담았다.

'만약 마도육가에 원의 잔당이 붙었다면…….'

우드득.

말아 쥔 주먹이 비명을 질렀다.

'모용세가는 절대로 밀리면 안 돼…….'

더더욱 중요해졌다.

원의 잔당이 합류했다는 것은 결코 어수룩하게 넘기면 안 된다.

마도육가보다 더욱 무서운 게 원의 잔당이다.

병력의 수도 수지만, 그들은 전쟁을 안다.

치고 빠지는 타격전에는 아주 도가 튼 무리들이다.

민간의 희생은 말할 것도 없고, 제아무리 무인이라도 결국은 보병. 원의 최정예 기병은 무인들도 가볍게 쓸어버릴 것이다.

무인과 병사라 다를 것이라고?

웃기는 소리.

혈사대가 이미 증명했다.

남궁세가의 무인들을 상대로 완벽하게.

제아무리 모용세가라도 잘못 걸리면 그냥 끝장나는 것이다. 그러나 여기서 무린은 이상함을 느꼈다. 마도육가와 원의 잔당이 동맹을 맺으면…….

'황실에서 가만히 있지 않을 텐데…….'

그럼 대명제국이라는 거대한 덩어리가 움직인다.

제아무리 마도육가라 할지라도 황실의 힘을 넘을 수는 없다.

'강신단만 투입되도…….'

마도육가에게는 치명적이다.

그 수많은 호위와 병력을 뚫고 호왕의 목을 쳐버린 강신단이다. 그 강신단의 가장 앞에는 무적단주라 불리는 이무량이 있다.

선덕제를 알현할 당시, 그 뒤에 있던 강신단주에게 무린이 느낀 건? 감히 범접할 수 없는 무력이다.

남궁가에서 마지막에 보았던 무왕 남궁무원과 동급의 무력. 그러나 궤를 달리하는 무력이다.

남궁무원이 이미 무에서 초탈한 느낌을 준다면, 이무량은 그저 보는 것만으로도 파괴를 상상하는 무력을 지녔다.

불길한 무력이란 소리다.

그런 이무량이 정마대전에 합류하면 마도육가로서는 당연히, 매우 불리하게 전쟁이 진행될 수밖에 없다.

'아니면 원의 잔당은… 그저 현 상황을 보고 독자적으로 움직이는 건가?

그럴 수 있다.

가능성이 매우 높은 이야기다.

'하지만 황실이 그걸 믿어주지 않을 텐데?

대체 어떤 방법으로 그걸 설득시킬 수 있을까?

선덕제는 그리 만만한 사람이 아니다.

조용한 성품, 그 안에 숨어 있는 패왕의 기질을 무린은 느꼈다.

그 행보에서도 분명하게 보여줬다.

결론은?

'복잡하게 돌아가는군…….'

이 상황이 매우 복잡하고, 아직은 답을 알 수 없다는 것이다.

무린은 말에 올랐다.

무린이 오르자 전부가 자신의 말에 올랐다.

말없이 출발하는 무린의 뒤로 이백이 넘는 무인이 뒤를 따르기 시작했다.

하지만 반나절이 지나기도 전에 무린은 멈춰 서야 했다.

"대주, 전방에 적입니다."

척후로 나갔던 연경과 김연호의 보고에 의해서였다.

*　　　*　　　*

"적은?"

"여기서부터 십 리 앞에 숲이 하나 있습니다. 그곳에 매복해 있습니다."

"숲, 숲이라……. 정체는 확인했나?"

진군을 멈춘 무린의 질문에 김연호가 고개를 저었다. 숲으로 들어가진 않았다.

누가 봐도 매복지인데 그곳으로 들어가는 건 바보짓이기 때문이다.

그래서 무린은 모른다는 질문에 실망하지 않고, 고개를 끄덕이며 김연호의 어깨를 툭툭 쳤다.

"잘했다."

"……."

김연호는 무린의 말에 그저 고개를 숙였다.

무린은 뒤를 돌아보며 말했다.

"전방에 적이 있습니다."

"확실한가요?"

팽연화가 되물어왔다.

"내 수하를 못 믿습니까?"

그 말에 무린은 직접적으로 던졌다.

그러자 팽연화가 고개를 저었다.

"아니요. 믿어요. 그저 확인하고 싶어서 그랬어요."

"믿으십시오. 이 녀석이 어려도 북방의 전쟁터에서, 그 수도 없는 전투에서 살아남은 용사입니다. 그런 이 녀석이 잘못 느꼈을 리가 없습니다."

"알겠어요."

무린의 말에 팽연화는 고개를 끄덕이며 수긍했다. 물론 그 전에 반짝이는 눈으로 무린, 김연호와 연경을 보았다.

이는 호기심일 것이다, 북방의 전쟁에서 살아남았다는 사실이 가져온.

그렇지만 무린은 지금 그게 중요한 게 아니란 걸 알고 있다.

"돌아가시겠습니까? 일단 최우선적으로 따지자면 여기서 돌아가게 되면 하루의 시간을 허비합니다."

무린이 괜히 이곳으로 온 게 아니다.

아직 정체가 확인되지 않은 적도 괜히 이곳에 매복한 게 아니다. 이 길이 심양으로 가는 최단거리 길목이기 때문이다.

"돌파해야죠."

팽연화가 자신만만하게 웃으며 말했다.

무린은 고개를 끄덕였다.

만약 돌아간다고 했으면, 가라고 했을 것이다. 물론, 무린은 이 숲길을 뚫었을 것이다. 하루의 시간도 아깝다.

왜?

하루빨리 비천대와 합류하고 싶었기 때문이다.

그들을 믿으면서도, 불안함을 느끼는 무린이었다. 혼심이 도는 것도 느꼈다. 그래서 무린은 그럴 때마다 이륜을 바로바로 돌려 마음을 다잡고 있었다.

무린은 말에서 내렸다.

무린이 내리자 전부가 하마(下馬)했다.

"최대한 몸 상태를 끌어올려라. 돌파할 것이니."

"네!"

한목소리로 무린의 말에 대답하는 김연호와 연경이었다.

무린의 명령에 팽연화, 팽연성도 비슷한 명령을 내렸다.

"일단 적의 정체를 파악하는 게 먼저입니다."

"그냥 뚫으면 안 되나요?"

멍청한 질문을 하는 팽연화다.

당연히 무린의 얼굴이 굳었다.

'세상 물정을 잘 모른다더니…….'

팽무도가 세상 물정 모른다고 했던 소리가 진짜로 증명되는 순간이었다.

병종에 따라, 적의 능력에 따라 대처 방법을 바꿔 세우는 건 병법의 기본 중에 기본이다.

지금 이건 단순한 전투가 아니다.

전쟁이다.

적에게는 피해를 최대한으로 주고, 아군의 피해는 최소한으로 줄이고.

그래야 최후의 승자가 될 수 있는 전쟁이란 소리다.

"안 됩니다."

그래서 무린은 단호하게 고개를 저었다.

"……."

무린의 단호함에 팽연화도, 팽연성도 얼굴이 살짝 굳었다. 설마 이렇게 단호히 거절당할 줄은 몰랐을 것이다.

"나는 북방에서 병사로 있었습니다. 지금은 전쟁입니다. 적에 대한 정보도 없이 무턱대고 들어가는 건 미친 짓입니다."

바꿔 말해, 지금 네가 한 말은 미친 방법이라고 무린은 말했다.

그 말에서 알아차렸는지 둘의 얼굴이 더욱 굳었다.

하지만 그러거나 말거나 무린은 할 말을 계속했다.

"일단 숲에 매복을 했으니, 기병은 아닐 겁니다. 그렇다면 원의 잔당이나 혈사대는 아닙니다. 그들은 기병이 주력이니까요."

"……."

"……."

굳어진 얼굴이지만 무린의 말에 고개를 끄덕였다.

"그렇다면 남은 건 원총, 비인과 군벌입니다. 아니면 원의 잔당 중 보병 부대일 수도 있습니다."

무린의 모든 수를 깔았다.

"원총이라면 그들의 방법을 모르니 그냥 뚫을 수밖에 없습니다. 군벌이라면 들어가는 순간 포위 공격을 해오겠지요. 군 부대가 가장 좋아하는 건 포위, 학살이니까요. 이건 원의 잔당이라도 마찬가지. 그리고 비인이라면… 무수히 많은 함정을 깔아놓고 기다릴 겁니다."

맞는 말이다.

원총에 대한 정보는 아예 없다.

그러니 어떤 방식으로 공격해 올지, 파악할 수 없다. 군벌은 피에 미친 군인집단이다. 그리고 군인이 가장 좋아하는 건… 섬멸전이다.

확실한 포위에 이은, 잔학한 학살을 가장 좋아한다. 왜? 그래야 목을 따고, 심장을 뚫는 그 쾌감을 가장 많이 느낄 수 있기 때문이다.

원의 잔당 중 보병이 이곳에 있다면 그것도 마찬가지다.

비인의 살객이라면, 보나마나 함정, 암기를 설치해 놓고 기다릴 것이다.

그래야 그것을 뚫으면 전진할 때 생기는 빈틈에 살수를 퍼부을 수 있으니까.

"하지만 확인할 길이 없잖아요."

팽연화가 문제를 제기했다.

맞는 말이라 무린은 고개를 끄덕였다.

하지만 아예 없는 건 아니다.

"제가 정찰을 다시 하고 오겠습니다. 그러면 어느 정도 감이 잡힐 겁니다."

"비천객께서 직접요?"

"네, 제가 직접."

무린은 단호히 고개를 끄덕였다.

무린은 자신이 있었다.

열린 상단전과 넓어진 기감, 그리고 선천적, 후천적으로 기른 판단력.

무린은 북방에서 척후조로도 많이 활동했었다.

'그중에 북해는 정말 압권이었지.'

무린은 북해, 그 무지막지한 곳에서도 척후전을 펼쳤었다.

발이 푹푹 바지는 눈밭을 평지처럼 걷던 북해의 무자비한 무사들.

정말 겨우 귀환했을 만큼 그곳은 혹독했다.

'만주리 근방에서 벌였던 척후전이 이와 비슷했었고.'

내몽고 깊숙한 북쪽 끝에 위치한 만주리. 그곳은 숲이 많았다.

그래서 척후전이 정말 치열하게 벌어졌었다.

빽하면 숲이었기에 진격이 힘드니 서로 치고받는 척후전만 정말 밥 먹듯이 했었다.

당시 그런 치열한 척후전에서 무린이 살 수 있었던 것은 기감이 발달해서였다.

적이 있다, 없다를 거의 본능적으로 알아차렸고, 그건 무린의 목숨을 몇 번이나 살려줬었다.

그런데 현재는 그 당시보다 더욱 기감이 좋아졌다.

지금이라면 숲의 근처에만 가더라도 그 당시의 경험을 살려 어느 정도 기세를 느끼고, 파악할 수 있을 것이다.

모름지기 모든 집단이란, 그 기세가 다르기 때문이다.

보병과 궁병, 궁병과 기병, 기병과 보병, 모두 다르다.

받아온 훈련, 겪어온 상황들 때문이다.

그러니 무린은 근처에 가면 알 수 있을 거라 생각했다.

무린은 바로 일어났다.

그러자 김연호와 연경도 바로 따라서 일어났다. 그런 둘에게 무린은 손을 저으며 말했다.

"금방 갔다 온다. 그러니 여기서 기다리도록."

"하지만……."

"반문은 받지 않아. 명령이다."

"네!"

명령이란 말까지 꺼내자 결국 네, 하고 대답하는 둘이었다. 무린은 말을 놓고 달리기 시작했다.

무풍형의 공능을 받아 쭉쭉 뻗어나간 무린은 일각이 좀 지나서 숲을 볼 수 있었다. 숲이 잘 보이는 거리에서 멈춘 무린.

하지만 무린이 느낀 건 매복한 적이 있는 숲이 아니었다.

격렬한 전투가 벌어지고, 소리 없는 비명을 내지르는 숲이었다.

'전투가 벌어지고 있다?'

누가?

비명이 들리지는 않는다.

하지만 무린은 느낄 수 있었다.

전방의 숲.

해가 져가고 있어 이미 어둠을 품은 숲은 지금 현재, 비명을 있는 힘껏 지르고 있었다. 그걸 예민해진 감각이 말해준다.

무린의 눈이 빛났다.

돌아갔다가 오호대와 사자대를 이끌고 오는 건 늦는다. 그래서는 의미가 없다. 마음이 굳어지는 순간이다.

'확인한다.'

무린의 눈빛이 빛나고, 발이 지면을 박찼다.

*   *   *

숲에 발을 들여놓는 순간, 비도가 날아왔다.

쇄애액!

푸르스름한 빛깔을 띈 비도는 확인을 하지 않아도 독을 품고 있었다.

기잉!

무린은 이미 그걸 느꼈다.

삼류의 공능이다.

땅!

무린은 신형을 멈추지 않고 그저 좌수를 휘둘러 비도를 쳐

냈다.

쉭!

쉬쉭!

열린 기감이 또다시 날아오는 화살을 알린다. 일직선으로 무린의 가슴, 종아리 등을 노리고 날아든 화살들을 무린은 무린은 신형을 흔들면서 전부 피해냈다.

기잉!

지면에 뭔가 있다.

보이지는 않지만 몇 걸음 앞에, 나뭇잎에 쌓인 바닥을 삼륜이 경고했다. 그곳에서만 풍기는 역한 기운까지.

철질려 같은 암기일 것이다.

타닷!

무린의 신형이 허공으로 날았다.

그러기를 기다렸던가?

높이 있던 나뭇가지에서 시꺼먼 신형이 벼락같이 튕겨져 나왔다. 어둠이 쭈욱 늘어지는 모습. 기척조차 잡히지 않았다.

그렇다는 건…….

'비인의 살객!'

떠오르는 무린의 신형.

쏘아져 내려오는 비인의 살객.

기잉!

기이잉!

무린의 이마로 류이 현신한다.

이건 무린이 삼륜공을 극으로 끌어올렸다는 뜻이다.

깡!

무린의 좌수로 어깨를 노리던 단검을 쳐냈다.

'큭!'

좌수에 느껴지는 반발력이 심하다.

이건 살객의 내력도 만만치 않다는 뜻.

정예다.

이곳에 비인의 정예가 매복해 있었다.

누구를 노리고?

답은 이미 나왔지 않은가.

'내가 목표였나!'

반탄력으로 무린의 신형이 주춤거렸다.

쇄액!

밑의 수풀에서 다시금 비도가 날아들었다.

기잉!

위험하다.

경고를 삼륜공이 마구 보냈다.

비도가 노리는 건 무린의 오른쪽 허벅지.

무린은 일륜을 급히 허벅지로 보냈다.

가가각!

팅!

쇠와 쇠가 긁히는 소리가 나더니, 그대로 튕겨 나갔다. 일륜이 비도에 담겨 있는 내력을 이겨낸 것이다.

과연!

신(身)을 보하는(保) 륜(輪)이다.

쉬익!

무린의 정수리로 어둠이 떨어져 내렸다. 검은 야행복을 입은 어둠은, 그대로 무린의 머리를 쪼갤 듯이 협봉검(狹鋒劍)을 내려쳤다.

이번에도 비인의 살객.

기잉!

가아앙!

시간 차를 둔 협공은 삼륜공이 비명을 내지르게 만들었다. 그만큼 이번 일격은 상황상 무린에게 치명적인 공격이란 뜻.

그러나 무린의 얼굴에 조급함은 없다.

꾸욱.

무린이 창을 쥔 오른손에 힘을 보냈다.

그 힘은 삼륜의 힘을 받은 절대적인 힘.

스아악!

무린의 우수가 빛살처럼 휘둘러졌다.

그 일격은 정수리를 치기 직전인 협봉검을 그대로 철창으로 후려쳤다.

쩌저… 쩡!

공기가 터지고, 무린의 신형이 그 후폭풍에 뒤로 밀렸다. 비인의 살객도 마찬가지로 잠시 주춤하더니 뒤로 밀려났다가 중력의 법칙에 따라 지면으로 떨어졌다.

'흡!'

무린의 눈빛이 빛났다.

지면에 안착하는 건 무린이 먼저다.

그리고 살객이 그 뒤에 떨어진다.

시간 차가 있다는 소리다.

무린은 그 시간 차 동안 충분히 다시 신형을 움직여 저 살객을 잡을 자신이 있었다.

하지만 세상만사가 꼭 자신이 바라는 뜻대로 돌아가진 않는 법이다.

쇄애액!

사방팔방, 전후좌우 위아래 전부에서 암기가 비처럼 무린을 노리고 날아들었다.

하나둘이 아니었다.

못해도 몇 십.

살객들이 한둘이 아니라는 소리다.

기잉!

기이잉……!

삼륜이 다시금 비명을 내질렀다.

위험! 위험해!

라고 무린에게 소리치는 것 같았다.

그래도 아주 다행인 점은 이 모든 암기들이 무린의 몸에 도달하기 전에, 무린의 발이 먼저 지면에 안착했다는 점이다.

발끝, 그리고 이어 굽혀지는 종아리.

흐르고 흘러 어느새 용천으로 내려간 삼륜의 내력.

쾅!

지면이 들썩이고 무린의 신형이 다시금 빛살처럼 솟구쳤다. 정면을 향해, 비스듬히 대각으로 솟구친 무린의 신형이 떠나고,

파바바박!

그 자리에 암기들이 사정없이 꽂혔다.

"흐읍……!"

숨을 들이마시는 무린.

우수가 당겨지고, 협봉검을 든 살객이 지면에 안착하기 전 그를 지나칠 때, 그 뒤를 향해 창을 빛살처럼 뿌렸다.

스가가각!

"……."

쏘아진 무린은 전방의 나무 위에 안착했다.

푸확!

그리고 등부터 뒤통수까지 갈려 버린 비인의 살객이 피를 토해내며 무너졌다.

"……."

무린은 깊게 침잠한 눈으로 전방을 살폈다.

삼륜이 모조리 돌기 시작하며 기감을 전방을 퍼뜨렸다.

'과연…….'

몇몇은 찾았다.

그러나 이게 전부가 아니다.

이곳에는 몇몇이 아닌, 지금 자신을 포위하고 있는 자들은 최소 십 단위 이상을 넘어갈 것이라 무린은 생각했다.

아무것도 느껴지지 않고 조용하지만 무린은 알 수 있었다.

'최정예…….'

비인의 살객.

그중에도 정예 중 정예가 이곳에 투입된 것이다.

'나를 잡겠다는 뜻이군.'

어떻게 알고?

생각할 것도 없다.

무린이 팽가에 들렀다는 건 이미 마도육가도 알 것이다.

어떻게? 하오문이란 거지같은 정보 단체가 있기 때문이다.

그러니 비천객을 잡기 위해 경로를 계산하고, 이곳에 매복해 있었다.

'군사(軍師)가 있다. 그것도 굉장히 뛰어난…….'

군사의 이동경로를 예측하는 건 결코 쉬운 일이 아니다.

단 일보만 옆으로 틀어도 예상된 경로는 반드시 지나치게 된다.

근데 비인의 살객은 이곳에 있다.

완벽히 예측했다는 것.

물론 하오문의 정보가 있었겠지만 대단한 건 대단한 것이다.

직감적으로 무린은 이번 전쟁이 쉽지 않겠다는 걸 느꼈다.

정보에서도 뒤진다.

병력에서도 현재 밀린다.

'미치겠군.'

동시에 무린은 이곳에서 현재 전투를 벌이고 있는 인물이 궁금했다.

무린은 느끼고 있었다. 숲 저편으로부터 굉장히 기파가 느껴졌다.

날카롭고, 광기에 찬 기파.

모든 것을 가를, 그야말로 미친놈의 기파다.

야성이 그대로 느껴졌다.

그걸 무린은 다행이라 생각했다.

어찌 됐든 이곳에 무린이 있고, 저쪽에 이름 모를 자가 있기 때문에 비인의 살객은 둘로 쪼개졌다.

그건 곧 힘이 분산된다는 뜻.

만약 혼자 들어왔으면······.

'죽어나갈 뻔했어.'

좀 전의 협공은 그야말로 굉장했다.

일격, 일격이 숨통을 정교하게 노리고 있었다. 만약 숲 반대편의 이름 모를 무인이 상대하고 있는 살객까지 합류했다면 상대는커녕 온 정신을 도망칠 방법에 썼을 것이다.

'버티시오.'

그래서 무린은 그 이름 모를 무인의 건투를 빌었다.

슥.

스윽.

숲이 꾸물거렸다.

살객들이 다시금 움직이기 시작했다.

꾸욱.

창을 쥔 손에 힘이 들어갔다.

후우,

호흡을 내뱉고, 다시 들이마셨다.

긴장을 털어낸다.

이제부터 실수 하나는 목숨으로 직결되는 상황.

흡.

기잉!

"……."

말없이 적을 느끼는 무린의 눈빛이 깊게 침잠하기 시작했다.

쉭!

노에서 발사된 화살 한 발이 무린에게 날아들었다.

푹!

촉이 무린이 밟고 있던 나무에 박혀 들어갔다. 그리고 이미 무린의 신형은 나무 뒤로 떨어져, 수풀로 사라졌다.

"……."

살객들은 아나 모르겠다.

무린은 이런 상황을 수도 없이 겪은 병사였다는 사실을.

북방 최악의 전사들인 초원여우들에게도 살아남은 척후병이라는 사실을.

북해, 그 얼어붙은 대지의 무사들의 추격도 뿌리치고 귀환한 병사라는 사실을.

모른다면 이제부터 알게 될 것이다.

그걸 알게 되는 대가는 당연히…….

피다.

목숨이다.

"……."

"……."

숨통을 옥죄는 고요가 이 불길하고 이를 모를 숲에 퍼지기 시작했다.

第六十七章 척후병사(斥候兵士)

무린이 가장 많이 겪었던 전투를 세 개만 따져 보라면, 무린은 두말없이 집단전, 도주 그리고 척후전을 꼽을 것이다.

그리고 그중에서 가장 많은 생명의 위협을 느꼈던 전투를 꼽으라면, 무린은 단번에 척후전을 꼽을 것이다.

무린이 척후병이 된 건 다른 이유 때문이 아니었다.

침착함.

그 침착함으로 상황을 판단하는 능력.

이 두 가지 때문이었다.

물론 신체적인 능력도 있지만 척후전은 결코 신체적인 능력으로 살아 돌아올 수 없었다.

우군만 척후병을 보내는 게 아니다.

초원의 거친 전사들은 자신의 기척을 정말 잘 숨길 줄 알았고, 사냥의 방법 또한 정확히 알고 있었다.

척후병끼리 조우를 하면, 첫 번째로 나오는 상황은 당연히 하나다.

침묵.

"……."

"……."

풀벌레도 울지 못하는 기묘한 정적.

먼저 움직인다는 것은 위치를 먼저 노출시킨다는 뜻이 된다.

선수필승(先手必勝)의 묘(妙)가 이런 전투에서는 사라지는 것이다.

그러니 숨을 죽인다.

'…….'

서 있던 나무 근처의 수풀에 숨은 무린은 창을 꾹 쥐고 삼륜을 최대로 돌렸다. 열린 상단전을 통해 주변의 정보가 들어왔다.

'대단하군. 있는 건 느끼겠는데… 위치를 잡기 힘들다.'

마치 넘실거리는 파도 같은 느낌이다.

있긴 있는데 왔다 갔다 하는 것 같기도 하고, 아니면 있는지 없는지 확신이 서지 않기도 했다.

'과연 비인의 정예······.'

예전 중천을 구할 때 마주쳤던 비인의 살객과는 그 급 자체가 달랐다.

내력을 운용하는 것도 그렇지만, 경험 자체가 감히 비교를 할 수 없는 것 같았다.

이렇게 되면 초조해지는 건 무린이여야 하지만······.

무린도 경험이 넘쳐 난다.

그 무시무시한 초원여우들에게서도 살아남은 무린이다.

쾅!

숲 저편, 무언가 터지는 소리가 났다.

명백한 화탄 터지는 소리.

'이들은······.'

생각이 나아갈 무렵,

쇄애액!

무린의 좌측 수풀에서 비수를 움켜진 살객이 무린이 있는 수풀로 빨려들 듯이 날아왔다.

탁.

그러나 무린은 알고 있었기에, 비수를 쥔 우수를 툭 쳐 낸다.

비도를 쥔 손이 튕겨 나가자 날카로운 좌수가 무린의 턱밑
으로 파고들었다. 손톱 끝에 반짝이는 날붙이가 불길하게 느
껴졌다.

'흡!'

기잉!

콰직!

살객의 좌수가 무린의 턱을 찌르기 전에, 무린이 짧게 올려
친 창끝이 살객의 턱을 먼저 꿰뚫었다.

내력의 차이다.

탓.

무린의 신형이 뒤로 물러났다.

이미 교전으로 인해 위치는 노출됐다. 계속 한자리에 있는
미친 짓이다.

푹! 푸북!

아니나 다를까, 무린이 있던 수풀로 화살과 비도가 틀어박
혔다.

탓. 타닷.

순식간에 갈지자로 움직이던 무린의 신형이 다른 수풀 속
으로 숨었다.

"······."

"······."

그리고 다시 찾아든 정적.

'어두워서 다행이다.'

제아무리 안법을 익힌 살객들이라 하더라도 무린의 무풍형은 감히 따라잡기 힘든 빠름이 있었다.

중천이 그저 그런 신법을 전해준 게 아니고, 무린의 삼륜도가히 절대적인 힘을 선하고 있었다.

적어도 살객들에게는 말이다.

슥.

무린은 왼손에 주먹 반만 한 돌을 쥐었다.

특, 트득.

살금살금 어깨가 당겨졌다.

근육이 끝까지 당겨졌을 때, 무린은 시위를 놓듯 왼손을 뿌렸다.

쉬익!

그저 하찮은 돌덩이지만, 무린이 던지면 그건 그저 그런 돌이 아니다.

적중시, 치명적인 거력을 품은 무시무시한 암기가 된다.

무린이 던진 돌이 무린의 시야 왼쪽의 가시덤불로 쏘아졌다.

쉭!

어둠이 갈라지는 게 보인다.

살객이 몸을 뺀 것이다.

그 순간 무린의 신형이 폭발적으로 뿜어졌다.

목표는 오른쪽 수풀.

좀 전에도 말했듯이 먼저 나선다는 것은 위치를 노출시키는 것.

암기의 세례가 쏟아졌다.

푹, 푸부부북!

그러나 무린의 신형을 쫓아가지 못하고 애꿎은 땅에만 처박혔다.

땅에 암기가 박히는 소리가, 그 섬뜩한 소리가 무린의 귓가를 자극하면서 입가에는 반대로 미소가 감돌게 만들었다.

씨익.

호선을 그리며 그려진 미소에는 살심이 적나라하게 얹혔다.

까강!

무린이 우수가 그어지며 수풀에 숨어 있던 살객을 움직이게 만들었다.

정수리 바로 위에 멈춘 무린의 창, 그 창을 막은 건 살객의 협봉검.

촤악!

무린의 좌각이 번개처럼 솟구친다.

빠각!

우드득!

양손으로 잡아 막았고, 두 팔은 들려 있었다. 그러니 겨드랑이 밑으로는 죄다 빈틈이었다. 무린의 발끝은 정확히 겨드랑이를 걷어찼고, 살객의 어깨를 그대로 박살 내버렸다.

목숨은 붙었다.

그러나 폐인이다.

치료를 한다 해도 조각난 저 어깨로는 젓가락도 제대로 쥐지 못할 것이다. 그러나 무린의 공격은 끝나지 않았다.

말한 적이 있다.

전장은 확실하게 적을 처리해야 하는 곳이라는 것을.

무너지는 살객의 턱을 향해 뒤로 슬쩍 빠지며 발끝을 밀어넣었다.

지극히 간단한 동작. 무관만 다니면 누구나 할 수 있을 법한 그 동작은,

꽈드득!

"컥."

짧은 단발마의 비명을 생산하고, 살객의 목숨을 그대로 앗아갔다.

삼륜의 힘이다. 턱을 아예 부수고도 모자라 날카로운 관통의 내력이 머리 자체를 꿰뚫어 버린 것이다.

타다닷.

다시 또 하나의 살객의 목숨을 끊은 무린의 신형이 어둠 속으로 숨었다.

"……."

"……."

다시 고요.

한 번의 공방으로 숨을 하나씩 끊는 무린은 확실히 무서웠다.

예전이라면 절대 불가능했을 일이지만 지금은 다르다.

머릿속으로 그리고, 노리는 바를 삼륜은 그대로 해결해 준다.

'몇이나 남았지?'

무린은 머리를 털었다.

최소 십 이상 아직 남았다.

숫자를 셀 때가 아니라는 것을 상기했고, 무린은 삼륜을 돌려 기감을 넓혔다.

잡힐 듯 말 듯, 애매한 감각이 뇌리로 들어왔다.

눈을 감고 집중하는 무린.

슥.

작지만, 분명히 소리가 들렸다. 무린의 뒤쪽, 구릉 밑이다.

'실수?'

이런 소리를 내는 살객이 아니다. 이들은 정예이기 때문이다.

순간적인 판단을 해본다. 실수인가. 아니면 유인인가.

무린의 눈빛이 빛났다.

'실수면 어떻고.'

유인이면 어떠랴.

결정적인 것은 무린이 위치를 잡았다는 점이다.

타닷!

무린의 신형이 아무런 예비동작 없이 그대로 뒤쪽으로 빨려 들어갔다.

회전하고, 구릉 밑을 확인하는 순간 협봉검 한 자루가 무린의 턱을 정확히 노리고 솟구쳤다.

유인!

하지만 무린은 그걸 상체를 비스듬히 틀어 피했다.

스악!

솟구치는 협봉검의 날이 무린의 뺨에 실선을 그었다. 처음으로 허락하는 일격. 그러나 무린은 더욱 치명적인 일격을 선사한다.

꽈드득!

삼륜이 잔뜩 실린 무린의 좌수로 그대로 목을 내려찍었다.

쇄골부터 시작해 뼈가 무너지는 소리, 느낌이 손을 통해 들렸다. 잔인, 죽음의 미학을 선사하는 무린이다.

그러나 무린은 현재, 그 어떤 죄책감을 가지지 않았다.

왜?

적이다.

죽여야 할 적.

적이라는 것 하나만으로 무린은 무념무상으로 생명을 끊어버릴 수 있었다.

죽이지 않으면 내가 죽는다는 법칙에 따라.

그그극!

생명이 거의 끊어진 살객의 신형이 구릉을 따라, 흙을 긁으면서 미끄러져 내렸다.

무린은 발을 뒤로 뻗어 벽을 박찼다.

쭈욱!

전방으로 쏘아지는 무린의 신형.

어김없이 무린이 있던 자리로 암기가 빗발치듯 쏟아졌다.

푸부북!

흙벽에 처박히는 암기.

쏘아진 무린의 신형이 전방에 있던 나무를 밟는다.

굽혀지는 종아리. 근육이 수축하고, 그대로 밀어내듯 다시 찼다.

파바박!

나무에 박히는 암기.

살객들은 필사적으로 무린을 쫓아 암기를 던졌다. 반드시 목숨을 끊겠다는 일격들이었다. 그래서 그만큼 치명적이다.

촌각이라도 늦으면 저 암기는 흙, 나무가 아닌 무린의 육체로 파고들 것이다.

물론 일류으로 튕겨내는 게 가능하겠지만 따라잡힌다는 것이 위험했다.

계속 신경을 써야 하고, 그것은 곧 집중력의 분산을 의미하기 때문이다.

쏟아진 무린의 신형은 이번에는 구릉의 밑으로 떨어져 내렸다.

탁.

타다닷.

지면에 안착한 무린은 그대로 벽을 타고 내달렸다.

파바박!

무린이 지나가는 흙벽에 어김없이 암기가 꽂혔다.

바위를 박차고 어둠을 껑충 건너뛰는 무린.

"……."

"……."

다시 숲은 고요에 쌓였다.

참으로 공교롭지 않은가.

흔히들 강호를 숲에 비유한다.

그리고 지금 있는 곳도 숲이고.

생명이 떨어지는 비정한 숲.

이 숲은,

강호 그 자체였다.

*　　　　*　　　　*

'이 상황…… 정말 오랜만이다.'

나무 뒤에 숨은 무린은 지금 이런 상황이 정말 오랜만임을 느꼈다.

살갗을 타고 흐르는 첨예한 긴장감.

그건 마치 뱀이 꾸물꾸물 기어오르는 감각이었다.

단 한 치의 실수는 죽음으로 직결되는 이 상황을 무린은 수도 없이 겪었지만, 겪을 때마다 생기는 이 긴장감은 도저히 적응이 되질 않았다.

하지만 지금 무린이 느끼는 긴장감은 전과는 조금 달랐다.

변한 위치 때문이다.

북방에서는 비슷하거나 혹은 약자였었다.

하지만 지금은 강자다.

사냥 당하는 게 아닌, 사냥하는 입장이었다.

그 입장 차이에서 오는 전율.

즉, 살인이 주는… 쾌락을 느끼고 있었다.

그렇기에 현재 살 끝을 타고 흐르는 긴장감마저 무린은 기분 좋게 느끼고 있었다.

특히 혼심이 주는 영향을 무린은 느끼고 있었다.

마치 악마처럼 속삭인다.

죽여.

죽이자.

잔혹하게 찢어죽이자.

완전히 악마의 유혹이다.

살인마로 무린을 만들고 싶어 하는지, 그렇게 속삭이는 혼심을 무린은 아주 제대로 느끼고 있었다.

'제어 가능하다.'

하지만 무린은 그걸 제어하고 있었다.

수습하고, 다시 정신을 수습하면서 무린은 최대한 냉정을 유지하고 있었다.

지금은 그래야 할 때이기 때문이다.

냉정을 유지해야 상황을 정확히 볼 수 있고, 가장 깔끔하고 치명적인 일격을 먹여 회피, 기동에 필요한 시간을 확보할 수 있다.

반드시 냉정해야 할 때.

흥분하는 순간 실수는 나오고, 실수는 치명적인 독으로 작용할 것이라는 것을 아는 무린은 완벽한 척후병이었다.

꿈틀.

삼륜에 걸리는 기척.

은밀할 정도로 은밀하지만 삼륜은 적응을 했고, 무린 또한 적응을 했다.

특수한 공부를 익혔는지 기척 따위는 거의 느낄 수 없었다.

그러나 거의란 본디 아예 없다는 의미가 아니다.

살객들은 이동시 기척을 조금, 아주 미약하고 좁쌀만 하게라도 흘리고 있었다.

그리고 무린은 그에 적응하고 있었다.

'십… 아니, 이십 보.'

무린은 가장 자신에게 근접한 살객의 위치를 잡았다.

무린이 도약할 때 밟았던 바위.

바로 그 뒤에 숨어 있었다.

무린을 다시 돌을 하나 주워 들었다.

흡사 돌이 까끌까끌하고 거친 표면을 자랑하는 듯했다. 거기에 더하여 꼭 자신의 단단함이나 그러한 점을 무린에게 속삭이는 것 같았다.

이 정도라면 아주 훌륭한 암기라 할 수 있다.

훌륭하기만 한가? 치명적이기도 하다.

머리에 제대로 맞히면 즉사시킬 수도 있었다.

슥.

넘어온다.

넘어온다.

"……."

넘어왔다.

무린은 그럼에도 더 기다렸다. 더 가까이, 더 근처까지 올 때까지 기다렸다. 돌덩이는 무린의 삼륜을 버티지 못한다.

주입하고 던지면 얼마 날아가지 못하고 내력 때문에 파삭! 하고 깨질 것이다. 그래서는 의미가 없다.

하지만 단거리는? 십 보 안이라면 깨지기 전에 직격시킬 수 있다.

삼륜의 내력을 주입받은 돌은 그 자체로, 훌륭한 살상도구가 될 것이다. 거리는 계속해서 가까워졌다.

비인의 살객은 알까?

자신은 분명 소리도, 기척도 죽이고 다가오고 있다 생각하겠지만 무린은 그걸 전부 알고 있다는 사실을?

모를까?

모르면 죽어야 한다.

결국.

'십 보.'

들어왔다. 무린은 창을 내려놓고 쥐고 있던 나뭇가지를 옆으로 슬쩍 날렸다.

파사삭.

쉭!

비인의 살객도 동시에 그쪽으로 시선을 돌렸다.

그 찰나의 틈.

십 보. 그 근거리서 무린의 좌수가 뿌려졌다.

쇄애액!

정확히 심장을 겨냥해서 던졌다.

그러나 비인의 살객은 역시 정예. 그 틈에 손바닥으로 돌덩이를 막았다.

하지만 말한 바 있다, 삼류의 내력은 날카로운 관통의 내력이라고.

가가각!

푸북!

비인의 살객은 급히 들어 올리느라 내력을 집중하지 못했고, 돌덩이는 순식간에 손바닥을 파고들어 뚫어버렸다.

그리고……

퍽!

심장을 그대로 강타했다.

뚫진 못했으나, 삼류의 힘이 담긴 돌덩이가 그대로 심장을 직격했기에…….

스륵.

비인의 살객은 쓰러졌다.

무린은 상황을 다 지켜봄과 동시에 창을 다시 움켜잡고 전방으로 내달렸다.

동시에 검은 어둠이 무린을 뒤쫓았다.

암기를 날리지 않는다.

소용없다는 것을 깨달은 것이다.

'전법이 바뀌었다?'

은밀하게 뒤쫓는 건 변함이 없다.

하지만 암기를 날리지 않는다는 것 자체가 이미 무린에게 직격을 먹이기 위해 전법을 바꿨다고 볼 수 있었다.

무린의 눈이 빛났다.

'그렇다면…….'

이쪽은 더욱 상대하기 편했다.

그극!

무린은 신체에 급제동을 걸었다가, 뒤로 돎과 동시에 가장 근거리서 오고 있는 어둠으로 몸을 날렸다.

어둠이란 당연히 야행복, 온몸을 검게 둘러싼 비인의 살객이다.

눈동자가 보였다.

눈동자마저 어두운 것은 아니라는 사실을 무린은 깨달으며, 창을 당겼다 그대로 빛살처럼 내리그었다.

단순한 내려치기.

그러나 단순하지 않다.

우윳빛 창기.

다가오는 어둠을 그대로 찢어발겼다.

푸확!

산화하는 어둠 속, 붉은 꽃.

혈화는 매우 아름답게 폈다.

'하나, 둘, 셋… 아홉.'

무린은 육안으로, 그리고 삼류의 기감으로 적의 숫자를 파악해 냈다. 하지만 그걸 믿지 않았다.

치명적일 일격을 선사할, 몇 개의 기척이 더 느껴졌다.

독을 잔뜩 품고, 살객들이 무린을 상대하는 그 틈에, 독아를 뻗어올 살객들.

'셋.'

총 열둘.

드디어 파악 끝.

그 외, 저 멀리서 다가오는 두 개의 기척을 더 느끼면서 무린의 눈빛은 물론, 입가에 서늘한 미소가 다시금 피어났다.

자자.
더욱 비정해지자.
강호여.

*   *   *

무린을 아홉의 살객이 둘러쌌다.
다섯은 무린을 중심으로 방위를 막고, 넷은 그 뒤에서 역시
기척을 흘리지 않고 무린을 노려보고 있었다.
'감정표현은 하는군.'
노려본다는 자체가 감정이 실렸기에 가능한 것.
무린은 창을 빙글 돌렸다.
그 동작에는 여유가 가득했다.
조롱이다.
명백한 도발이다.
타닷!
살객 둘이 앞, 그리고 뒤에서 달려들었다. 뛰어드는 소리도
거의 나질 않는다. 다만 아주 미약하게 지면을 박차는 소리만
들렸다.

하지만 속도는 참 빨랐다.

어느새 무린의 지척으로 다가들어, 검을 가볍게, 그리고 빠르게 그었다.

무린의 인중 앞을 지나가는 협봉검.

그 직후 뒤에서 달려든 살객의 협봉검이 옆구리에 파고든다.

그 짧은 공세의 순간, 슈슈욱! 비도가 날아 무린의 심장, 어깨를 노렸다. 완벽한 시간 차 공격이다.

그러나 무린은 기다렸다가,

기잉!

삼륜을 폭발시켰다.

무린의 신형이 미끄러지듯 좌로 이동했다.

그런 무린의 회피에 비도가 오히려 옆구리를 노리던 살객에게 날아들었다.

흡! 하는 신음과 함께 급히 협봉검으로 비도를 쳐내는 살객.

그 짧은 틈.

무린이 가만히 있을 리가 없다.

우수를 그대로 휘두른다. 손에 들린 창날이 사악! 소리를 내며 살객의 옆구리를 갈랐다.

깊지는 않았다. 혈흔이 피어올랐지만 그 짧은 순간 몸을 뒤로 빼며 피한 것이다.

그러나 무린의 공격은 끝나지 않았다. 어느새 몸을 돌려 살객에게 달려드는 무린. 두 눈동자가 커지는 걸 보니, 위기감을 느낀 것 같았다.

무린은 그걸 보았음에도, 비정하게, 왼손 손바닥으로 살객의 턱을 올려쳤다.

빠각!

잠시 뽀얗게 빛났던 무린의 왼손.

틀림없이 삼류의 내력이 머물렀던 증거다.

턱뼈는 물론, 머리 전체가 박살 났을 것이다. 작은 내력이라도 방비를 못한다면 충분히 머리를 깨부수고 남기 때문이다.

'하나.'

무린의 신형은 멈추지 않고 그대로 내달렸다. 처음 뛰어든 방위를 잡고 있던 살객이 무린의 쇄도에 협봉검을 움켜쥐고, 자세를 낮췄다.

대응하겠다는 뜻이다.

그래서 틈을 만들겠다는 뜻이다.

무린이 달려들자 살객 전체가 움직였다. 무린의 좌우, 뒤, 그리고 전면으로도 움직였다. 심지어 크게 도약해 무린의 머리위로 떨어지는 살객도 있었다.

전면에 살객 둘.

불리하다?

맞다.

상황만 보자면 당연히 불리하지만, 무린은 이미 절정, 그 끝에 올라선 고수. 상황을 뒤집을 수를 마련할 수 있는 고수였다.

씨익.

무린의 입가에 웃음이 감돌았다.

지익.

멈춰 서는 무린의 두발, 급제동을 걸어서인지 약간 앞으로 밀려나는 신형, 그리고 그 신형이 멈췄을 때, 무린은 창을 그대로 그었다.

그리고 그 원심력을 그대로 이용, 돌면서, 창을 다시 한 번 휘두르는 무린이다.

슈악!

무린의 행동은 언제나 단순하나, 그 결과는 항상 단순하지 않다.

창끝에서 뻗어나간 창기가 전면에 있던 둘을 미처 대응도 하지 못하게 만들었다.

십 보? 아니, 채 오 보도 안 되는 거리에서 휘둘렀으니 피할 거를이 있을 리가 없었다.

창기는 날카롭고, 파괴의 힘을 담고 있다.

스가각!

경직된 채 사지가 갈렸다. 허리부터 양단된 것이다.

돌면서 휘두른 창기에도 좌에서 달려들던 둘이 더 당했다. 마찬가지로 미처 피하지 못하고, 창기에 목, 그리고 가슴이 갈린 것이다.

무린의 입가에 감돌던 미소가 더욱 짙어졌다. 애초에 전방으로 달려들던 동작, 그 자체가 적을 자신에게 바짝 붙이게 하려는 유인이었다.

그 유인책은 너무나 잘 맞아 떨어졌다.

'다섯.'

그렇다면 신형을 드러낸 아홉 중, 이제 겨우 넷만 남았다. 안 그래도 무린은 강하다. 일대, 아홉의 수에서도 무린이 강했다.

그런데 이제 일 대 넷.

이 정도면 압도적일 수밖에 없다.

멈춰선 무린이 어깨를 당겨, 창을 그대로 쏘아 보냈다. 허공에서 떨어지고 있던 살객에게 보내는 투창.

선물인가?

그럼, 선물이다.

까강!

협봉검으로 막고, 겨우 튕겨냈지만 신형이 흔들리는 건 막지 못했다. 사방을 살핀다.

후방, 우측에서 달려든 던 셋은 검을 빼 들고 덤벼들고 있지만 아직 검이 무린의 몸에 닿으려면 시간이 더 필요했다.

탓!

무린의 신형이 전방으로 쏘아져 올라갔다.

허공에 떠 있는 살객.

빠각!

두득!

허우적거리는 살객의 턱을 쏘아져 올라가던 그대로 발로 걷어찼다.

튕기듯이 뒤로 꺾였다가 제자리로 돌아오는 살객의 목.

고정되지 못하고, 대롱대롱 흔들렸다.

목뼈가 부러진 것이다.

당연히 의식은 이미 황천길을 건너고 있을 것이다.

'셋……'

지면으로 안착하는 무린은 생각.

그리고 또 다른 생각.

'이제 슬슬……'

움직일 때가 되지 않았을까?

공방 중 생기는 결정적인 순간에 무린의 숨을 끊으려고 숨어 있는 살객 셋.

이미 상황은 심각하게 기울었다.

아홉으로도 무린에게 위기를 주지 못했는데, 셋이라고 다를까. 최소 두 배 이상이 아니라면 무섭지 않은 무린이었다.

처음부터 지금까지, 무린은 항상 살객보다 한 발 앞서 움직였다.

상황을 계산하고, 움직이는 것 자체가 무린이 한 수 위였단 소리다.

포위당하는 것처럼 보였어도, 언제나 노렸던 바를 완수하고 바로 빠져나갔다.

그건 무력 자체의 차이에서 나오는 일이다. 또한 상황을 분석, 파악, 실행하는 머리싸움에서도 무린이 위였다.

그렇다면 결국 무린이 아홉을 다 잡아도, 치명적인 실수를 하지 않는 한 은신한 살객 셋에게 기회는 오지 않는다.

'결론은 지금이 마지막인데…….'

아직 무린은 체공 중이다.

창 또한 저 멀리 떨어져 있었다.

무기를 잃은 비천객.

이보다 더 좋은 조건은 없다.

퉁.

투두두둥!

과연!

수풀 저 멀리 노(弩)에서 발사된 화살이 빗발치듯 날아들었다.

거의 십여 발이 넘는 화살들, 그리고 지금도 끊임없이 발사되면서 무린의 전방을 가득 메웠다.

고오오.

기이잉!

삼륜이 돌고, 열린 상단전으로 기감을 최대한 확장하는 무린. 두 손을 들어 올려 가볍게 쳐내기 시작했다.

팅, 티딩.

깡!

손과 화살의 촉이 만났는데도, 경쾌한 소리가 들린다.

일류의 공능이다.

감히 소림에게 대항하기 위해 만들어진 무공.

그중 신(身)을 보호하는 데는 천하에 몇 개 따를 공부가 없다 자부할 수 있는 무공.

탁.

지면에 안착하는 무린.

그러나 화살은 계속 빗발을 쳤다.

땅!

따당!

무린의 손은 계속 간결하게 움직이며 화살을 쳐냈다.

이게 치명적 일격? 아니다. 상황이 만들어지지 않았으니 뒤의 셋, 모습을 보였던 셋에게 또다시 기회를 주기 위함이었다.

하지만, 화살을 날렸다는 것은 위치를 노출시켰다는 뜻.

꽈드득!

"컥."

한쪽에서 단발마가 울렸다.

빠각!

"……."

소름끼치는 타격음이 울리며, 두 군데서 날아오던 화살이 멈췄다.

남은 한 곳은?

씨익.

무린의 입가에 미소는 더욱더 짙어진다.

혼심인가?

아니면 진심인가.

알 게 뭐냐.

지금 이 순간, 무린이 그런 미소를 지었다는 게 중요했다.

타닷!

지그재그로 밟아, 어느새 가속도를 붙인 무린이 덤불 속으로 뛰어든다.

꽈득! 우드득! 하고 뼈가 잔뜩 박살 나는 소리가 뒤이어 들렸다.

살객 셋.

그들은 멈출 수밖에 없었다.

뭘 해도 안 된다.

그걸 느껴 버린 것이다.

급이 다른 무력.

셋은 동시에 느꼈다.

무린을 상대하려면… 비인 내에서 자체 분류된 최정예조 하나와 다섯 특급 살객이 움직여야 가능하다는 사실을, 그걸 느껴 버렸다.

겨우 일급인 자신들이 상대할 수 있는 상대가 아니라는 것을 너무나 뼈저리게 느껴 버렸다. 아니, 그 이전에.

그 검에 미친 자식이 우연찮게 이곳에 뛰어들지만 않았어도, 그래서 전력이 반쪽이 나지만 않았어도.

해볼 만하지 않았을까?

하지만 그런 생각은 의미 없는 생각이다.

이미 일은 벌어졌다.

전력이 반이 난 상태에서 무린을 맞이했고, 이미 박살이 나 버렸다. 그러니 부질없는 생각이고 미련일 뿐이다.

슥.

저벅, 저벅.

무린이 걸어 나왔다.

피가 튀어 묻은 얼굴에 미소는 그 자체로 공포다.

살객들은 이를 악물었다.

요동치는 심장이, 도망가라 경고하고 있었다. 음울한 살기를 가득 피워낸 무린은 그만큼 무서웠다.

그리고 이처럼 전투를 치룰 줄 아는 자일 줄은 꿈에도 생각 못했다. 병사 출신인 건 알았지만…….

무린이 입을 열었다.

"두렵나?"

"……."

큭.

무린의 입매가 잔뜩 비틀리며 비웃음을 토해냈다.

"그러게 왜… 기어 나와 일을 벌이지?"

하필.

내가 강호에 나온 이 시대에.

뒷말은 삼킨 무린이 한 발자국 앞으로 내딛었다.

"……."

살객들은 두 발자국 물러났다. 아니, 한 발자국 더.

무린과 살객들의 거리는 가깝지도 않았지만 멀지도 않았다.

그래서 안심을 못하는 살객들이었다.

무린은 그런 살객들의 기분을 느꼈는지, 다시 비웃음을 토해냈다.

그리고 천천히 자신의 창이 떨어진 곳으로 걸어갔다.

여유가 있다.

강자의 여유였다.

허리를 굽혀 창을 오른손에 다시 쥔 무린은 힐끔 살객들을 보며 입을 열었다.

"꺼져라. 그리고 가서 전해라. 조만간 다시 만나자고."

"……"

그 말이 떨어지는 즉시, 살객들은 그 자리를 이탈했다. 조금의 주저도 없었다. 시체를 수습한다?

그런 일 따위를 할 생각조차 하지 못했을 것이다.

무린이 보여준 것은 그만큼 압도적인 무력, 공포였으니까.

근데 이상하다?

왜 살려줬을까.

살객들을 살려준 이유는 분명히 있다.

누군가는 분명히 오늘 일을 전해야 한다.

그래야 오늘의 공포가, 기억이, 사람에게서 사람으로 옮겨갈 것이다.

즉, 공포라는 전염병을 생성시키기 위한 전략이었다.

강신단의 방법이다.

그들은 학살을 끝내고 나면, 압도적인 전투를 끝내고 나면 항상 소수의 적을 남겨서 돌려보낸다.

잊지 말라는 의미로.

우리의 압도적인 강함을.

"……"

무린은 자신이 만들어낸 상황을 둘러본다.

허리가 양단된 시체.

목이 분리된 시체.

목이 등에 깔린 시체.

등등.

'멋지군……'

큭.

무린의 얼굴이 일그러졌다.

멋지다?

이 현장이? 이 상황이?

개소리…….

죽음에 멋있는 건 없다.

죽는다는 것은 그저 죽는다는 것.

그게 끝이다.

第六十八章 광검(光劍).

광검(狂劍)

귀환병사

그 어떤 미사여구를 붙여도 죽음이 미화될 수는 없다. 수도 없이 많은 죽음을 봐온 무린은 그렇게 생각한다.

그런데도……. 지금 무린은 멋지다. 이렇게 말했다.

무린의 사고(思考)상, 절대 있을 수 없는 생각인 것이다.

'혼심 탓인가?'

이런 되먹지 못한 생각을 한 이유가?

'아니면 내가 진짜 이런 생각을 한 것인가.'

무린의 인상은 절로 찌푸려졌다. 그리고 그 어떤 쪽으로도 결론을 내리지 못했다. 혼심이 일어나는 건 느꼈다.

전투 내내.

하지만 그건 자신의 살심을 돕는 역할을 하는 것 같아서, 무시했다.

어차피 냉정해야 하는 마당이니 상관없다 판단한 것이다.

'반반인가……?'

그런 혼심이 무린에게 전투 후, 참으로 거지 같은 감상을 느끼게 만들었다. 후우, 부정할 수는 없다.

마음이 변한다는 것.

그것을 자각하고도, 내 탓, 네 탓으로 나눠야 한다는 것.

참으로 씁쓸한 일이었다.

"대주."

그 목소리에 무린은 상념을 지웠다.

김연호가 무린에게 다가왔다. 그 옆으로 연경도 서 있었다.

숨어 있던 살객 들의 목숨을 끊은 것은 당연히 김연호와 연경이었다.

"팽가는?"

"숲 밖에서 대기 중입니다."

"좋은 판단이군."

무린은 고개를 끄덕였다.

무린이 오지 않으니 아마 움직였을 것이다.

그리고 숲에 도착했을 때 당연히 김연호와 연경은 진입하겠다는 의사를 밝혔다.

무린은 대주. 기다릴 상황이 둘에겐 아니었던 것이다. 팽가는 지켜보는 걸 선택했다. 그들도 느꼈을 것이다.

숲에서 벌어지고 있는 전투의 기운을.

상황을 파악하지도 않고 무턱대고 진입하는 건 참으로 바보 같은 짓이다. 지휘관으로서 자격 미달이라 해도 과언이 아니다.

하지만 팽연성과 팽연화는 숲 밖에서 대기하는 걸 선택했다.

김연호와 연경이 당연히 먼저 움직였으니, 어떻게든 정보는 오리라 생각했을 것이다.

비겁하다?

아니다.

옳은 판단이었다.

"안휘성에서 보았던 살객들과 다릅니다."

"그렇겠지. 굳이 급을 나누자면, 이들은 일류다. 그쪽에는 그저 지원병이었겠지."

"음……."

연경이야 처음 봤기 때문에 잘 몰랐겠지만, 단 한 번의 교전으로, 그걸 지켜본 결과로 김연호는 비인의 살객들이 다름을 눈치챘다.

"내력 운용이 자연스럽다. 은밀하기도 마찬가지고. 이들보다 높은 경지의 살객들이 있다면 골치 아프겠어."

무린은 삼륜공이 없었으면 어땠을까 하고 생각해 봤다.

고개가 바로 저어졌다.

삼륜공이 없었다면 지금의 무린은 없다.

애초에 현 상황이 만들어지지 않을 것이다.

그래서 의미 없는 생각은 바로 접었다.

파스스스스.

숲이 떨었다.

무린은 즉각 반응했다.

저 숲의 끝.

무린보다 먼저 들어와 교전을 펼치던 자가 있었다.

아마 그 때문에, 온전히 무린에게 집중되어야 할 비인의 살객이 반 토막이 났겠지.

아니, 어쩌면 저자가 먼저 들어왔으니 무린보다 더욱 많은 살객을 상대했을 수도 있었다.

"끝났군."

"네?"

김연호나 연경은 모르니 반문을 해왔다.

"나보다 먼저 살객을 상대하는 자가 있었다. 숲이 요동치고 있었지. 그래서 나도 상황을 알아보기 위해 뛰어들었고. 그리고 지금 저쪽의 전투도 끝났나 보군. 누군지는 모르지만 범상치 않은 자다."

"아……."

이해했는지 고개를 주억거린다.

무린은 생각했다.

만나볼까?

결론은 금방 나왔다.

궁금증과 호기심이 조심성과 경계심을 완벽히 이겼다.

무린은 천천히 숲의 북쪽으로 걸었다. 방위를 찾을 필요도 없다. 아직도 숲의 저편에서 짜릿한 기파가 감지되는 까닭이다.

기파는 가까워졌다.

'이쪽으로 오고 있군.'

그자도 무린을 감지하고, 무린 쪽으로 오고 있었다. 무린도 삼륜을 전부 드러내놓고 싸웠다. 퍼져 나간 기파도 장난이 아니었을 것이다.

숲을 떨게 만드는 자가 무린의 기파를 못 느꼈을 리가 만무했다.

거리는 금방 가까워졌다.

"굉장하군."

살갗이 파스스 떨린다.

오돌토돌 소름이 일어났다.

그만큼 무지막지하다는 뜻.

"뭔 놈의 기세가……."

김연호가 이를 악물며 중얼거렸다.

이건 한마디로 표현하자면… 그래, 광기(狂氣)다.

절제되지 않은 기운.

야생의 흉포함.

"그만, 여기서 대기해라."

무린은 걸어가면서 말했다.

가까워질수록.

이 불길함…….

심각하다고 무린은 느꼈다.

이 정도의 기세.

최소 자신의 급이다.

김연호와 연경이 있으면 도움이 된다는 생각은 즉시 버렸다.

오히려 방해나 되지 않으면 다행인 상황이다.

그러니 그 즉시, 판단을 내려 둘을 대기시켰다.

그런 상황이니 목소리도 확 굳어버렸다.

사태를 파악했는지, 김연호와 연경은 멈춰 섰다. 도저히 자신들이 감당할 수 있는 기파가 아니었기 때문이다.

　그렇다면, 방해다.

　걸림돌만 된다.

　김연호는 이미 내공을 깨우치고 있어 확실히 느끼고 있었고, 연경도 이제 내공이 생겨 느끼고 있었다.

　이 불길하고, 흉학한 기파를.

　이가 꽉 깨물렸지만, 현실에 수긍한다.

　그런 둘을 뒤로하고 무린은 걸었다.

　좀 더 걸어 김연호와 연경이 무린과 한 시야에 잡히지 않게 됐다.

　그 상태로 걷고, 더 걸었을 때, 무린은 저 멀리서, 오솔길을 따라 걸어오고 있는 자를 발견했다.

　늘어뜨린 양팔.

　그 팔 끝에 매달린 흉검(凶劍).

　눈가를 가로 덮고 질끈 묶여 있는 검은 천.

　그리고 잿빛 머리카락.

　이 전체가, 너무나 거대한 불길함을 조성한다.

　무린은 제자리에 멈춰 섰다.

　그리고 생각했다.

　'이자…….'

　기잉!

기이잉!

가아아앙……!

미친 듯이 돈다.

사내를 육안으로 확인하자마자 삼륜이 비명을 질렀다.

살려줘!

도망쳐!

발악하는 것 같았다.

고오오…….

찌릿!

더욱더 광포하고, 마치 악귀나 뿜어낼 법한 광기의 기세가
사내를 중심으로 퍼졌다.

"……."

잠시 침묵하던 무린.

도망가고 싶던 마음을 누르고 발을 뗐다.

감이 온다.

보지 않아도… 누가 말해주지 않아도…….

두웅!

삼륜이 이마 위로 떠올라 가열 차게 회전한다.

이륜이 극한으로 돌며, 공포를 이겨내기 시작했다.

일륜이 준비한다. 오라, 무엇이든 막아주마.

혼심이 자극한다.

붙어!

붙으라고!

이십 보.

사내가 멈췄다.

무린도 멈췄다.

"……."

"……."

대치를 시작한 둘은 말을 꺼내지 않았다.

다만, 언제 터져도 이상하지 않을 불붙은 화약고를 연출했다.

사내의 고개가 모로 꺾였다.

기릭.

목각인형이 움직이듯 불편한 움직임이었다.

손목이 뒤로 돌아가며 팔을 뒤로 끌어당겼다.

마치 날개처럼 펴지는 사내의 양팔.

불안하다.

기잉!

기이잉!

가아아앙……!

일륜, 이륜이, 삼륜이 요동친다.

대비하라.

온다.

불길한 그가…….

온다……!

스가앙……!

청각은 물론 영혼까지 자극하는 기음(奇音)과 함께 섬뜩한
붉은 열십자가 무린의 시야를 가득 메웠다.

『귀환병사』 8권에 계속…

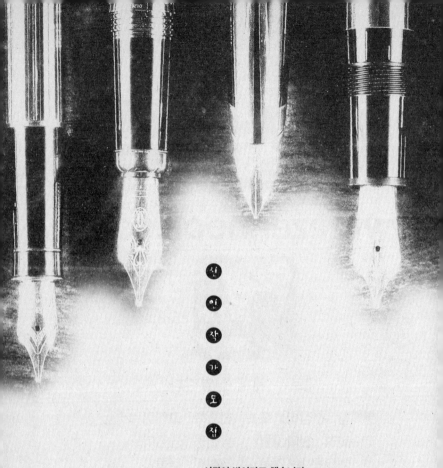

신
인
작
가
모
집

시작이 반이라고 했습니다.
작가의 길에 대한 보이지 않는 벽을 과감히 깨뜨리십시오!
청어람은 작가 지망생 여러분들의
멋진 방향타가 되어드리겠습니다.

저희 도서출판 청어람에서는
소설 신인 작가분들을 모집합니다.
판타지와 무협을 사랑하시는 분들의 많은 참여를 바랍니다.
소정의 원고(A4용지 150매)를 메일이나 우편으로 보내주시면
검토 후 출판 여부를 알려드리겠습니다.

주소:경기도 부천시 원미구 심곡2동 163-2 서경B/D 2F 우편번호 420-822
TEL:032-656-4452 · **FAX**:032-656-4453
http://www.chungeoram.com
e-mail:chungeoram@chungeoram.com

FANTASTIC ORIENTAL HEROES

이민섭 新무협 판타지 소설

Book Publishing CHUNGEORAM

용행이 아닌 자유추구…
WWW.chungeoram.com

FUSION FANTASTIC STORY
천성민 장편 소설

짐승의 규칙

『무결도왕』 『다크로드 블리츠』
천성민 작가의 신간!

『짐승의 규칙』

살아야만 했다.
나를 위해 희생당한 부모님을 위해.
복수를 위해.

죽여야만 했다.
내가 살기 위해 타인의 목숨을.

그렇게……
나는 짐승이 되었다.

Book Publishing CHUNGEORAM

유행이 아닌 자유추구 -
WWW.chungeoram.com

FANTASY FRONTIER SPIRIT

이중민 판타지 장편 소설

Mighty Warrior
영웅병사

복수를 다짐한 소년 병사.
붉은 제국을 향해 깃발을 세운다.

「영웅병사」

평온한 유년 시절을 보내던 비첼.
어느 날, 붉은 제국의 깃발 아래에 사랑하는 가족을 빼앗기고 만다.

"도끼… 도끼라면 다룰 줄 압니다."

병사가 되고자 참가한 전쟁에서 소년은 점점 영웅이 되어 간다!

쓰러져가는 아버지의 등을 억하며,
아직 어린 소년으로서 도끼를 들고 붉은 제국과 싸우 위해 일어선다.

제국과의 전쟁에 스스로 뛰어든 소년.
병사, 비첼 악센트.
이것이 영웅 탄생의 시작이다!

Book Publishing CHUNGEORAM

궁금이 어진 자유추구
WWW. chungeoram.com